Dedicato ai sognat
a chi non basta una vita
     di rincorrerne una autentica .

Alla mia cara
Enzina↳
Credi sempre in te!
Rimani così come 6↳
Tutti sorrisi & gioie!!

Mi mancherai!
Ma sarai sempre a un
passo da me↳
. I love you!

· TOTONE UA↳

Il Posto Più Bello Del Mondo

"Il Posto Più Bello Del Mondo è un libro intenso, vero, emozionante, si legge tutto d'un fiato! È un testo che racconta l'inseguimento e la realizzazione dei propri sogni, l'urgenza di relazioni vere, che coniuga perfettamente gli sviluppi della mente e le riflessioni interiori del suo personaggio, il quale riesce sempre ad empatizzare le sofferenze di tutti i personaggi che incontra sul suo cammino. Una volta letto il libro, non si potrà più far finta di niente, si risveglierà la propria memoria emozionale verso il nostro "io" più profondo. Consigliato a chi sceglie di attraversare la propria sofferenza, a chi sceglie di vedere la realtà con occhi nuovi, ma soprattutto a chi sceglie di dire in maniera incondizionata "Sì" alla vita."

- A. P.

"Se cercate un libro vero ed intenso, profondo, ma con un cinico senso dell'umorismo, che vi faccia viaggiare con la mente e riconsiderare la vostra quotidianità, perdetevi tra le pagine ed i luoghi meravigliosi di questo romanzo innovativo ed appassionante, che vi terrà col fiato sospeso e vi arricchirà di una nuova consapevolezza."

- D. M.

Il Posto Più Bello Del Mondo

0.

Spegni la mente e lascia andare i pensieri.

Ribellati ad una vita che non senti tua ed alla quale non appartieni.

Rischia. Fai il primo passo. Non importa dove o come, ma fallo.

Viaggia. Osserva il mondo in tutte le sue sfumature.

Scegli consapevolmente il tuo senso di direzione. Se non sai come, ricercalo, in qualunque momento, in ogni più remoto angolo della tua anima. Senza vergognartene, perché sembra "troppo per te", perché "non ne sei all'altezza".

Cadi. Fatti male. Rialzati. Ripeti il processo.

Riposati, ascoltati e cura le tue ferite: non è vero che "non è niente".

Ignora i "giudici seriali" e comprendili: si sono già arresi in partenza ad una vita di dolore, compromessi, certezze fittizie ed è tutto ciò che hanno; senza quell'illusione del "giusto e normale", sarebbero persi e terrorizzati.

Abbandonati alla paura fottuta dell'incertezza; apriti al nuovo ed all'ignoto.

Prosegui per la strada che hai **sentito** *di voler percorrere.*

Riscopri la tua gioia sopita dal senso del dovere e da quel peso del mondo sulle spalle: la vita non è solo dolore e sudore.

VIVI *appieno! Ogni tramonto, ogni goal, ogni amicizia, ogni amore, ogni sorso di birra. Ed anche ogni disfatta, ogni delusione, ogni fallimento. Fa tutto parte del gioco e va bene così. Non sei nato spettatore della tua esistenza e non ha senso guardarla scorrere via dalla tribuna. Sei tu il protagonista, il coreografo, l'attore e l'ideatore: vivi seguendo la trama dello spettacolo più bello che tu possa mai realizzare o immaginare. Alzati da quel seggiolino, riprenditi la scena e comincia a vivere la vera storia della tua vita.*

Il Posto Più Bello Del Mondo

Quest'opera contiene materiale protetto da copyright e non può essere copiata, riprodotta, trasferita, distribuita, noleggiata, licenziata o trasmessa in pubblico, o utilizzata in alcun altro modo ad eccezione di quanto è stato specificamente autorizzato dall'autore, ai termini e alle condizioni alle quali è stata acquistata o da quanto esplicitamente previsto dalla legge applicabile. Qualsiasi distribuzione o fruizione non autorizzata di questo testo così come l'alterazione delle informazioni elettroniche sul regime dei diritti costituisce una violazione dei diritti dell'editore e dell'autore e sarà sanzionata civilmente e penalmente secondo quanto previsto dalla Legge 633/1941 e successive modifiche. Questo testo non potrà in alcun modo essere oggetto di scambio, commercio, prestito, rivendita, acquisto rateale o altrimenti diffuso senza il preventivo consenso scritto dell'autore. In caso di consenso, tale opera non potrà avere alcuna forma diversa da quella in cui è stata pubblicata e le condizioni incluse alla presente dovranno essere imposte anche al fruitore successivo.

Il Posto Più Bello Del Mondo di Davide R. Battaglia, Copyright © 2020 Davide Battaglia

COPERTINA REALIZZATA E CURATA DA EMANUELE BATTAGLIA // IMMAGINE: © 2020 EMANUELE BATTAGLIA.

FOTO di Minjung Kim, curata da Marco Battaglia.

REVISIONE a cura di Fabio Battaglia, con la partecipazione di Fabio Della Mora, Domenica Malara, Roberto Pecora e Luisa Grasso.

CODICE ISBN: 979-12-200-6684-6

Davide R. Battaglia

IL POSTO PIÚ BELLO DEL MONDO

Il Posto Più Bello Del Mondo

1.

"AMMAZZA CHE CHIAPPE!"

Dopo sette ore di volo ed appena una di sonno, fui svegliato dal colorito apprezzamento di un raffinatissimo passeggero nostrano alle mie spalle, il quale raggiunse il picco dall'alto della sua regale eleganza, rivolgendosi con un fischio a due dita verso un'assistente di volo che si era appena chinata a raccogliere un cuscino.

Non sapevo ancora bene che cosa ci facessi seduto su quell'aereo, tuttavia, il mio desiderio di cambiare vita un'altra volta era stato più grande di ogni logica pianificazione razionale, cogliendo al volo la prima opportunità che aveva bussato alla mia porta.

Dopo sette anni vissuti a Londra e qualche mese trascorso tra Singapore e Bali, senza pensarci due volte, mi ero imbarcato verso l'ennesima nuova avventura dall'altra parte del mondo, rincorrendo una sconosciuta, incontrata mezza volta in un jazz bar.

"Attenzione prego, si avvisano i signori passeggeri che il volo SC 489 atterrerà a destinazione tra quindici minuti. Siete pregati di tornare ai vostri posti ed allacciare le cinture."

Le bianche distese di nuvole circostanti svanirono improvvisamente, lasciando spazio al blu profondo e variegato dell'oceano Indiano ed ai mille colori della città sottostante, offrendo una vista mozzafiato sulla terra dei canguri, che diveniva sempre più vicina man mano che perdevamo quota.

Pochi attimi, un tonfo sordo ed eccomi arrivato.

"La SC Airlines vi dà il benvenuto a Sydney."

Si era appena aperto un nuovo capitolo della mia vita, che, nonostante ne fossi ancora ignaro, sarebbe presto cambiata per sempre.

Ma facciamo un passo indietro. O meglio, anche dieci.

Il mio nome è Oliver e sono un ragazzo cresciuto negli ultimi anni d'oro italiani, i '90. Anni d'oro che svanirono, appunto, appena finita la scuola: mi ritrovai di fronte ad un mondo e ad una società che versavano nella più totale confusione, un Paese che stava cambiando ma non accettava il cambiamento, un benessere che stava scomparendo senza la volontà di rendersene conto. Così, mi ritrovai a diciott'anni con uno straccio di diploma in mano, in una città nuova e nessuna idea di come iniziare a farmi strada in questa vita.

Ero cresciuto in provincia di Torino, in mezzo alle montagne, in una realtà tranquilla, fredda e alquanto arida di emozioni. La vita era piuttosto impostata, così come la gente, l'importante era non lamentarsi, perché alla fine non si stava poi così male; non trovavo un senso vero e proprio a quel tipo di vita, ma, intanto, si tirava avanti e andava bene lo stesso, bastava non disturbare. Fin da piccolo, non mi sono mai sentito completamente a mio agio in quel tipo di realtà, ma non ci ho mai fatto troppo caso. Anzi, molte volte ho creduto di essere io quello sbagliato e cercavo di assomigliare di più agli altri, senza comunque trarne mai grosse soddisfazioni. Abitavo in un villaggio fuori dal mondo, immerso nei boschi, dove non passavano nemmeno i trasporti pubblici. La mia prima via di fuga verso la "socialità" la ebbi soltanto a quattordici anni, quando mio padre mi comprò il motorino. Un leggendario Honda Bali di vent'anni con 30.000 chilometri dal color melanzana, poi convertito in un *tamarrissimo* blu elettrico dalle ruote verde fluo. Non mi ha (quasi) mai lasciato a piedi, ma era di una lentezza disarmante. Una notte ricordo di essermi imbattuto in un cinghiale enorme con la cucciolata a seguito. Sterzai ed accelerai per evitarlo, ma la strada era tutta in salita; rammento ancora la vista della bestia nello specchietto che mi rincorreva spedita, ad una velocità superiore a quella del mio povero Honda Bali, con le zanne di fuori e lo sguardo incazzato, mentre avevo già iniziato a recitare le preghiere.

Fortunatamente, l'iracondo animale si fermò a metà strada, forse anch'esso impietosito dal mio motorino.

Vivevo insieme a mio padre in una modesta villetta con giardino in cima ad una collinetta, presa in affitto a buon mercato, dato il totale isolamento del luogo.

Lui non era molto presente, lavorava quasi tutti i giorni e quando tornava era spesso stravolto e di cattivo umore, quindi cercavo di ridurre la conversazione al minimo. Ci provava, a modo suo, ma senza convinzione. Lavorava come operaio per una famosa fabbrica di biscotti al cioccolato, da oltre trent'anni, ed era un uomo ormai rassegnato ad una vita di dolori e senza particolari gioie o soddisfazioni, specialmente da quando aveva perso mia madre.

La ricordavo come una bella donna, forte ed affascinante. Aveva lunghissimi capelli neri fin sotto le spalle, un viso tirato ma dolce ed un fisico molto slanciato, per quel che rammentassi.

Se n'era andata quando avevo solo sette anni ed il motivo preciso non l'avevo mai saputo.

Mi ricordo ancora quel giorno, una sera inoltrata di novembre del 1994. Mia madre mi strinse forte a sé in un lungo abbraccio, con gli occhi colmi di lacrime, sussurrandomi all'orecchio: "Mi dispiace. Mi dispiace tanto. Ricordati sempre che mamma ti vuole bene, tanto bene e te ne vorrà sempre. Non perdere mai la speranza."

Si alzò in piedi, pulendosi il trucco colato con un fazzoletto e prendendo le sue cose velocemente, lasciandosi la porta di casa alle spalle. Quella fu l'ultima volta che la vidi.

Mi ero sempre domandato quale potesse essere la reale motivazione, talvolta incolpandomi, credendo di aver fatto qualcosa di sbagliato. Il suo abbraccio e la sua presenza mi mancavano ogni giorno. Poi, crescendo, ho imparato a convivere con la sua assenza, senza però mai accettarla dentro di me. Avevo chiesto a mio padre più di una volta le ragioni di quel gesto, di dove fosse andata a finire e del perché non potessi vederla, ma ogni volta che toccavo l'argomento, lui si irrigidiva e cambiava discorso in fretta. L'ultima volta che ne discutemmo, avevo diciotto anni, era appena terminata la maturità e stavamo tornando dalla cerimonia del mio diploma. Iniziammo a discuterne in macchina e ne scaturì una lite furiosa. Non vedevo mia madre da undici anni ed esigevo di sapere come stessero le cose, per lo meno se stesse bene e se fosse viva. Dopo venti minuti di acceso confronto, l'unica cosa che riuscì a tirar fuori fu: "Lascia stare. Non capiresti. Nella vita, tutti i capitoli hanno un inizio ed una fine e questo è chiuso da un pezzo. Siamo io e te, in fondo non ce la passiamo così male."

Nelle sue parole, potevo avvertire tutto il dolore che serbava dentro, nonostante la sua rigida apparenza. Doveva essere stato davvero qualcosa di grosso e sono sicuro che, a modo suo, stesse cercando di proteggermi e di evitare che ne andassi di mezzo. Lo guardai abbozzando un sorrisetto e lo abbracciai. Lui rimase rigido. Aveva gli occhi lucidi e si accorse che lo notai.

"Che cazzo ridi cretino! Pure il diploma ti hanno dato! Vieni dentro e apriamo 'sta bottiglia, sono cinque anni che ti aspetta."

Mio nonno aveva imbottigliato un vino speciale per il giorno in cui mi sarei diplomato e ce n'era una anche per quello della laurea, che è ancora lì sulla mensola.

"Congratulazioni Oliver, benvenuto nel mondo di merda degli adulti! Cin-cin!"

"Grazie papà, è bello avere vicino una persona sempre così positiva ed entusiasta che ti incita, sei un vero e proprio inno alla gioia!"

"Bè, ora sei grande per le favole, devi iniziare ad aprire gli occhi. Salute! Almeno quella c'è ancora...!"

Dopo una buona mezzora di cinismo e negatività trascendentale, colse l'occasione per comunicarmi di essere stato trasferito a Roma dalla sua azienda, dicendomi che sarebbe partito in un paio di settimane. Senza troppo entusiasmo, né troppi rimpianti, decisi di seguirlo.

Roma era una realtà decisamente diversa rispetto al mio piccolo villaggio e non fu affatto facile all'inizio. Anzi, a dire il vero non mi adattai mai del tutto. La mia vita lì fu più come una tarda adolescenza, quella che non mi ero goduto ai tempi del liceo.

Avevo sempre posseduto un forte senso di responsabilità e di propensione al dovere ed ero maturato prima del dovuto, senza lasciare spazio alle cazzate che si commettono da ragazzini. Colpa del villaggio, della sua atmosfera sobria senza mai eccessi e forse anche un po' della mia situazione familiare.

Lì in valle, uscivo ogni tanto con qualche compagno di

scuola, ma non mi divertivo mai veramente. Ero un ragazzo abbastanza piacente, ma anche piuttosto timido ed imbranato: alto, occhi castani ed intensi, con i capelli naturalmente a punta, sempre dritti e incasinati, simili ad un personaggio di un manga giapponese; non ci mettevo nemmeno tanto impegno nell'acconciarmeli, mi svegliavo già così al mattino. La mia vecchia professoressa di matematica una volta mi disse che i capelli rispecchiavano la personalità dell'individuo e, nel mio caso, probabilmente ci aveva preso.

Fatto sta che, nonostante fossi uno dei soli otto ragazzi della scuola superiore che frequentavo, non concludevo granché, qualche tresca alle feste organizzate a casa di amici o compagni di classe e niente di più.

Durante una serata estiva, un mio amico mi invitò per una serata nella sua cittadina, situata a mezzoretta di distanza da casa mia, o quaranta minuti di Honda Bali. Mi ricordo che c'era un evento, qualcosa del tipo "Campeggio No-Tav", con concerti di gruppi (molto) amatoriali, fiumi di alcool e molti ragazzi a seguito, venuti con l'unico intento di sfasciarsi.

La ricordo come la mia prima sbronza: dopo aver finito un'intera bottiglia di limoncello, mi rivolsi verso il palco, gridando a squarciagola di come fossi favorevole alla TAV (treno ad alta velocità), poiché così, nel mio immaginario momentaneo, sarei arrivato prima a scuola al mattino. Ovviamente, in quel momento, non avevo la concezione di cosa fosse (e che il progetto consistesse nella tratta Torino-Lione invece che di un treno regionale.)

Rischiai il linciaggio, ma il mio amico Alessio riuscì a limitare i danni, convincendoli che ero un povero coglione ubriaco senza cognizione e trascinandomi via rapidamente.

Quella stessa sera conobbi Luana, una sua vicina di casa che incontrammo nella strada di ritorno, mentre io ero ancora nel delirio alcolico più totale. Era una ragazza molto semplice, ma intelligente, con cui era piacevole conversare; vestita in modo molto appariscente, con un rossetto violaceo, tacchi alti e minigonna, attirava sicuramente l'attenzione.

Era nota come una poco di buono, specialmente in quella piccola realtà dalla mentalità estremamente ristretta e provinciale, per via delle sue assidue frequentazioni nei centri sociali e del viavai di vari ragazzi con cui era stata vista in giro, ma a me pareva una persona interessante.

Ci scambiammo i numeri di telefono e, la sera dopo, ci ritrovammo lì seduti ad accoccolarci su una panchina nel bosco.

Lei divenne la mia prima fidanzatina, ci tenemmo compagnia durante gli ultimi due anni di liceo, per poi perderci di vista dopo la maturità. Quello fu il massimo picco emozionale della mia adolescenza.

2.

A Roma le cose andarono diversamente. Nei primi tempi ero in stato di shock, dovuto al totale cambiamento nel passaggio da una piccola realtà, noiosamente ordinata e tranquilla, ad una grande città, costantemente incasinata e disorganizzata. Inoltre, avendo appena finito il liceo, non conoscevo proprio nessuno.

Passai i primi mesi in grande solitudine, mi mancavano le mie certezze, la tranquillità del paesello e perfino quei quattro amici stronzi che avevo lasciato su. Poi, con il passare del tempo, riuscii ad aprirmi. È proprio vero, quando ci si ritrova fuori dalla propria comfort-zone, emerge la parte più vera di noi stessi e siamo finalmente pronti a mollare le nostre paure, i nostri schemi mentali ed abitudini, riuscendo più facilmente ad accogliere il nuovo. E devo dire che, per un po', mi divertii parecchio.

Una sera camminavo da solo a Trastevere, cercando di godermi, a tratti malinconicamente, quella cornice di una tipica serata romana di mezza estate. La strada era tutta illuminata di luci che costeggiavano il fiume, contornata da alberi maestosi e con un clima frizzante e festoso. Mi sedetti sul muretto, stappandomi una bottiglia di birra che mi ero comprato ad un bar vicino. Mi sentivo in pace col mondo. Per qualche minuto lasciai da parte tutte le ansie ed i pensieri che mi avevano accompagnato fino a quel momento ed iniziai a godermi il panorama, sorseggiando la mia Peroni. Mi tornò in mente un articolo sulla legge dell'attrazione, letto qualche tempo prima, a cui, inizialmente, non davo molto credito: quando lanci all'universo vibrazioni positive, esso te le rimanda sotto qualche forma.

Quella sera conobbi Gianluca e Daniele; vennero a scroccarmi una sigaretta ed iniziammo a parlare del più e del meno, scoprendo che abitavamo tutti quanti nella stessa zona.

Divennero presto i miei migliori amici. Uscivamo praticamente tutte le sere e si era creata tra di noi un'amicizia vera e sincera. Non facevamo mai nulla di particolare, la maggior parte delle volte si stava seduti su una panchina a bere birra, fumare e sparare cazzate, solo per il piacere di stare insieme. Poi intorno alle due di notte, se non ne avevamo ancora abbastanza, andavamo a casa di Daniele a giocare alla Playstation fino a prima mattina.

Suo padre non ne era affatto compiaciuto. Era un uomo un po' strano, sulla sessantina, originariamente ed orgogliosamente veneto, anche lui finito a Roma chissà come. Cercavamo sempre di non svegliarlo, ma puntualmente dopo il primo goal sbagliato a Fifa, qualcuno alzava i toni; in pochi secondi, eccolo in salotto in mutande e canottiera ad imprecare selvaggiamente contro il figlio, con il suo proverbiale accento veneto molto marcato, che sfociava sempre in grasse risate da parte di tutti, portandolo ad incazzarsi e bestemmiare ancora di più, sbattendo le porte e gridando a squarciagola nel cuore della notte.

Non ne andavo fiero, ma ridevo anch'io, erano scene degne

del miglior spettacolo comico.

Una sera delle solite, nel momento topico della situazione, il pover'uomo inciampò nel gatto, il quale, colto di sorpresa, lo graffiò, facendolo inciampare contro il tavolo di vetro, che a sua volta lo fece cadere contro il mobiletto a muro delle ceramiche, dove erano affisse le sue preziose maschere veneziane, le quali vennero giù, frantumandosi in mille pezzi insieme a tutto il resto, in una perfetta scena fantozziana che svegliò tutto il pianerottolo. Avevamo le lacrime agli occhi ed i dolori addominali da quanto stessimo ridendo, al che si arrabbiò seriamente e (con tutte le ragioni) ci cacciò fuori casa inveendoci contro gli insulti più incomprensibili, ordinandoci di non farci mai più vedere. Ne era comunque valsa la pena, fu una delle scene migliori di sempre.

A parte le mie nuove amicizie, a Roma iniziai anche ad incontrare molte ragazze. Avevo vent'anni, ero nel pieno della forma fisica ed ero diventato piuttosto estroverso, una combinazione che mi rendeva spesso un buon partito.

In realtà, non sono mai stato un gran donnaiolo, di quelli che collezionano tacche sulla cintura; mi è sempre piaciuto conoscere le donne nel profondo e sono tuttora convinto che ognuna abbia comunque qualcosa da dare ed insegnare. Semplicemente, se dopo un certo numero di appuntamenti sentivo che non ce n'era abbastanza per continuare, passavo oltre, evitando di sprecare il nostro tempo reciproco.

Ad ogni modo, sentivo che la mia gloriosa seconda adolescenza, dopo un anno passato a bere e cazzeggiare, fosse quasi giunta al termine. Le serate iniziarono a divenire tutte uguali e caddi nell'apatia. Gianluca e Daniele stavano prendendo altre strade, che a me non andava di seguire. Nonostante sentissi di aver meritato quel piccolo break, come una sorta di risarcimento per i miei anni liceali mai vissuti a pieno, era ora di rimettersi in carreggiata.

Mi iscrissi all'università, alla facoltà di Scienze della Comunicazione. Mi avevano sempre detto che ero bravo nello scrivere, l'unica linea guida che avessi mai ricevuto finora, così optai per quell'opzione, nella flebile speranza di entrare a far parte, in un futuro utopico, di una testata giornalistica. La frequentai per due anni circa, senza mai davvero trovarmi a mio agio. Odiavo il modo in cui il sistema era strutturato, era più forte di me, mi dava sui nervi. Professori altezzosi e senza passione, senza né anima e né indole, che professavano una marea di stupidaggini, figli di un sistema obsoleto da almeno vent'anni; una totale disorganizzazione, esami rinviati senza preavviso, obblighi di frequenza con buchi di cinque ore tra varie lezioni, materie inserite nel programma senza alcuna logica. Non mi andava neanche male, nonostante mi rifiutassi anche solo di comprare o fotocopiare quei mattoni su cui avremmo dovuto prepararci, passavo sempre e comunque gli esami, presentandomi la mattina stessa ed ascoltando quelli che ripassavano a voce alta.

Mi ricordo una volta quando la mia amica Elisa, una ragazza pugliese che avevo conosciuto al corso, aveva studiato l'intero programma per filo e per segno per tre mesi, mentre io conoscevo appena il titolo e l'argomento dell'esame, presentandomi lì ancora mezzo ubriaco dopo una nottata passata a bere a casa di un mio compagno di corso. Mi diede due dritte veloci in appena venti minuti; io passai l'esame con ventotto trentesimi, lei venne bocciata. Non mi rivolse la parola per settimane, ma in seguito diventammo ottimi amici.

Un giorno, durante una pesantissima lezione di "linguaggi della comunicazione", dopo l'ennesima e ripetitiva ovvietà pronunciata dal professore di turno, mi scattò qualcosa in testa. Mi alzai e mi infilai il cappotto. Il professore smise di parlare, iniziando a fissarmi.

"Va da qualche parte? Ha già imparato tutto?"

"No, il problema è proprio questo, che in due anni qui dentro non ho imparato niente. E ne ho veramente le palle piene di tutte queste banalità.", risposi tra la perplessità generale.

Il professore rimase a fissarmi sbigottito.

"Faccia come crede, ognuno nella vita si ritroverà a fare i conti con i risultati delle proprie scelte."

"È forse la cosa più sensata che le ho sentito dire oggi, la ringrazio per quest'ultima perla."

Voltai le spalle e me ne andai.

Ripensandoci oggi, avrei forse potuto uscire con meno clamore, ma posso dire che probabilmente fu la scelta migliore.

3.

Dopo aver lasciato l'università per non farci più ritorno, trovai un lavoretto part-time come tuttofare in un'associazione di kazaki in Italia, in cui praticamente me ne stavo lì seduto per quattro ore a leggermi il giornale mentre loro svolgevano lezioni di kazako e ad aprire la porta quando arrivava qualcuno. Avevo le chiavi dell'ufficio, che aveva comunque una location fantastica, poiché situato in pieno centro, vicino a Via dei Condotti, dove più di una volta avevo invitato delle ragazze di nascosto. Specialmente Mara. Era una tipetta minuta, molto sorridente, con un viso molto fine e con le tette più grandi che io avessi mai visto.

Ci conoscemmo in maniera piuttosto inusuale. Eravamo

sulla metro e notai che mi fissava. Inizialmente, feci finta di niente. Arrivati alla fermata dopo, scese con me e mi chiese di darle un bacio, senza nemmeno avermi mai parlato prima. Nessuno dei miei amici ci credette, ma andò proprio così. Da lì in poi, iniziammo ad uscire spesso, ma, fondamentalmente, finivamo sempre e solo a letto. O meglio, ovunque tranne che a letto.

Non si trattava certamente di un gran lavoro ed il contratto era solo di tre mesi, ma del resto, quello potevo aspettarmi in quel periodo storico e con solo uno straccio di diploma in mano, mentre cercavo di decidere cosa fare della mia vita. Inoltre mi permetteva di lavorare solo 4 giorni a settimana, giusto per avere qualche soldo in tasca per comprarmi i vestiti, le sigarette e per sbronzarmi con gli amici; l'affitto era pagato ed il cibo non mancava. L'unico problema era che questa associazione, situata, come detto, al centro della città, distava più di un'ora da casa mia e, non avendo la macchina, dovevo affidarmi alla lotteria dei trasporti pubblici.

Finito il mio ultimo turno settimanale, presi il cappotto e mi avviai alla stazione.

Il solito treno delle 17:30, anche in quell'occasione arrivato alle 18:40, quel giorno di dicembre era più colmo del solito. Una flotta di pendolari accalcati provava a farsi largo tra la folla in quel vagone striminzito, chi con i primi pacchi natalizi, chi con la propria valigetta dopo un'ennesima, monotona giornata di lavoro e chi con il cellulare già all'orecchio che avvisava a casa, sul fatto che, anche oggi, avrebbe tardato a cena.

Io mi ritrovai schiacciato in un angolo vicino alla porta d'entrata. Alla mia sinistra, un uomo barbuto, alto e corpulento afferrò il mancorrente, posizionando la sua ascella a pochi millimetri dalla mia faccia. Un odore intenso e nauseabondo mi penetrò nelle narici e per pochi secondi feci fatica a trattenere il vomito, riuscendo a trovare uno spiraglio di fuga pochi centimetri più in là.

Dopo venticinque minuti di agonia, finalmente arrivai alla fermata di Piramide, dove mi avrebbero atteso altri fantastici tre quarti d'ora sull'autobus, senza contare il tempo di attesa, sul quale ogni volta partivano le scommesse tra i compagni di avventura, che si moltiplicavano a vista d'occhio con il passare dei minuti, portando a chiedersi in che modo una simile concentrazione di esseri umani potesse mai entrare in un singolo mezzo.

Dopo una buona mezzora d'attesa, eccolo sbucare dal fondo della strada. Un attimo di gioia e liberazione generale ed ebbe inizio la corsa selvaggia al posto a sedere, poi quella al posto in piedi e, per finire, la ricerca di qualche centimetro che, finalmente, ci avrebbe permesso di andare a casa.

Questa volta capitai vicino ad un bengalese con delle rose in mano, anche lui non particolarmente profumato, e ad un vecchietto che continuava a tossire e scatarrare nel fazzoletto.

L'autobus accostò alla fermata successiva, dove scesero 4 persone e ne salirono 9, schiacciandoci ancora più come sardine in scatola. Tra questi c'era un signore anziano che cercava di salire. Era piuttosto piazzato, occhi vitrei, abbigliamento sciatto e *fiatella* alcolica. Camminava a fatica e blaterava da solo; non sembrava un senzatetto, ma si vedeva che non fosse messo bene. Una signora gli offrì il suo posto. Lui fece per sedersi e, nel chinarsi, non so quanto volontariamente o meno, si lasciò andare ad una roboante scorreggia che mise tutti in silenzio per una manciata di secondi.

Una lunga serie di bestemmie variegate riecheggiò nell'autobus, provenienti da un gruppo di ragazzini sul retro, quando il tutto peggiorò a causa dell'odore rancido e acre che, in pochi attimi, avvolse l'intero autobus.

Mancavano ancora due fermate, ma per la giornata ne avevo avuto abbastanza, così decisi di scendere lì.

Finalmente un po' di pace. La temperatura era un po' rigida, ma mi ero riscaldato a dovere in quella sauna di autobus ed avevo bisogno di un po' d'aria. Ero solito osservare molto le altre persone intorno a me, soprattutto per capire cosa dava loro la forza di accettare tutto questo, tutti i santi giorni ed a tutte le ore. Vidi soprattutto molto scontento e rassegnazione sui volti insoddisfatti della gente e mi chiesi se c'era un modo di cambiare le cose e se sì, chi mai fossi io rispetto a loro che avevano accettato, con più o meno dignità, che quella fosse la normalità ed in fondo andasse bene così.

Cominciai a camminare per le vie secondarie della periferia

di Roma. Non volevo essere disturbato da nessuno in quei venti minuti che mi dividevano da casa, anche se, forse, allo stesso tempo, avrei avuto bisogno di qualcuno che mi abbracciasse e mi dicesse 'Va tutto bene, è solo un momento, passerà presto.'

Un momento che durava da ormai tre anni e sembrava non dovesse mai finire, mentre le mie motivazioni venivano sempre meno ogni giorno di più. Non vedevo alcuna via d'uscita dalla mia situazione, ma la vita ti sorprende sempre quando meno te l'aspetti. Il vento del cambiamento era dietro l'angolo e stava per scatenare una tempesta, che avrebbe cambiato la mia stupida, monotona ed insensata routine per sempre.

4.

Sono sempre stato una persona impaziente e che difficilmente riesce a star ferma troppo a lungo. La monotonia della mia vita a Roma mi stava privando di qualsiasi stimolo. Non mi andava così male, ma nemmeno benissimo. Era un periodo molto piatto, superficiale e vuoto. Non avevo la minima idea di cosa avrei voluto fare "da grande" e vivevo alla giornata, la quale aveva dei ritmi incredibilmente flemmatici. Mi scolavo un paio di birre e passeggiavo da solo fino alle tre del mattino per riuscire ad addormentarmi. Sentivo come se stessi sprecando la mia vita, continuando a domandarmi se davvero l'esistenza si limitasse a quello.

Un giorno, afflitto dalla noia più totale, mi ritrovai a scorrere la rubrica del mio cellulare e decisi di contattare Elisa, la mia ex compagna universitaria, per un caffè.

Un altro inverno se n'era andato ed il primo sole primaverile splendeva alto in cielo. Fu bello rivederla dopo tanto tempo. Era diventata ancora più carina. Aveva un vestito bianco a fiori che ne esaltava le forme, la pelle olivastra e dei colpi di sole sulla sua folta chioma che le illuminavano il volto. Si stava per laureare e perseguire il suo sogno di diventare web designer in una testata giornalistica. Non era un granché a scrivere, ma col computer poteva creare dei lavori graficamente straordinari, che compensavano le sue carenze letterarie.

Notai che aveva sviluppato dei tic nervosi rispetto all'ultima volta, come dei brividi continui ogni qual volta io dicessi qualcosa.

"Hai iniziato a drogarti o ti disgusta la mia presenza?!"

Alla mia domanda, il suo tic si accentuò ancora di più e mi versò addosso il caffè bollente proprio nei bassi fondi, ustionandomi le palle.

"Oddio scusami!! È da quando sto preparando la tesi che mi è venuta 'sta cosa, sono esaurita."

Mi levò i pantaloni per cercare di rimuovere la chiazza di caffè e prese una crema per alleviare il bruciore. Dopo qualche secondo di imbarazzo, iniziò a spalmarmela sulle parti basse, facendomi eccitare. Lei se ne accorse e, dopo pochi secondi di silenzioso imbarazzo, piano piano la sua mano salì, iniziando a masturbarmi. Io la presi in braccio sbattendola sul tavolo, le alzai il vestito aprendole le gambe; poi le spostai le mutandine ed entrai dentro di lei, che iniziò a gridare di piacere, stringendomi forte a sé. Fu molto intenso e spontaneo. Quando finimmo, Elisa non aveva più i tic.

Dopo qualche secondo di imbarazzo ci rivestimmo e ci fumammo una sigaretta insieme, continuando a discutere del nostro futuro incerto e dei bei vecchi tempi andati, come se non fosse successo nulla.

"Devo proprio andare adesso. È sempre bello rivederti!"

"Aspetta Oliver!", mi fermò lei.

"Volevo dirti che domani alle tre c'è il concorso nazionale

di scrittura in inglese. Lo fanno qui vicino. Mi ricordo che te la cavavi discretamente sia in inglese che a scrivere!"

"Grazie, ma penso che ormai quel capitolo sia chiuso per me."

"Sicuro? Per i primi otto classificati c'è in palio uno stage lavorativo al Times di Londra per un mese...Pensa alle possibilità che ci aprirebbe!"

Quelle ultime parole mi fecero sussultare. In fondo, cosa avevo da perdere, a parte qualche ora in cui altrimenti avrei probabilmente stappato un paio di birre. Inoltre, il mio contratto all'associazione kazaka era scaduto e penso avessero anche intuito le mie attività extra lavorative, quindi non mi fu rinnovato. Avevo provato a cercare un altro lavoro per mesi, senza mai ricevere nemmeno una risposta ed i miei risparmi iniziavano ad assottigliarsi. Quella poteva essere una buona occasione per rimettermi in gioco in modo diverso e per andarmene finalmente da quella monotonia.

"Wow sembra figo. Va bene, mi hai convinto! Ci vediamo domani allora, passo a prenderti alle due così andiamo insieme."

"Perfetto. Ma domani niente caffè!"
Scoppiammo a ridere entrambi e ci lasciammo con un abbraccio sincero.

Tornando a casa, ripensai al concorso ed a ciò che potesse significare. Avrei potuto andarmene da lì, da quella vita apatica ed inseguire il mio vecchio sogno, ormai riposto nel cassetto più remoto del mio inconscio. Effettuai una ricerca online sull'evento, al quale riuscii ad iscrivermi in tempo per pochi minuti prima della scadenza, potendone constatare la sua importanza. C'era gente proveniente da tutta Italia per giocarsi quella chance unica, che probabilmente si preparava da mesi, presentandosi con un inglese ed un bagaglio culturale molto migliori del sottoscritto. Tuttavia, decisi comunque che dovevo provarci; nel peggiore dei casi, ero certo che avrei convinto Elisa per un altro caffè.

5.

L'indomani andai a prendere Elisa puntuale sotto casa e ci incamminammo verso la sede dove si svolgeva il concorso. Lei era molto elegante, indossava un tailleur grigio scuro ed una camicetta sbottonata, la quale lasciava intravedere il suo seno prosperoso, che mi ingolosiva. Anch'io mi ero vestito bene. Indossavo dei pantaloni neri, una camicia bianca ed una giacca grigia. Mio padre una volta mi disse che, se devi andare in battaglia, di qualsiasi tipo, la tua immagine deve sempre essere impeccabile, poiché si acquisisce più sicurezza. Non ci avevo mai creduto fino in fondo, ma quel giorno decisi di seguire il suo consiglio, forse anche un po' per scaramanzia.

Arrivammo davanti alla porta d'ingresso.

"Sei pronta?" le chiesi. Lei era tesissima. Non rispose, chiuse gli occhi e iniziò a respirare profondamente e rumorosamente. Le erano tornati i tic.

"Vuoi un caffè?!"

"Ahahah sei un idiota! Dai andiamo che è tardi."

La sala era ricolma di ragazzi incravattati dai diciotto ai trent'anni ed aveva un silenzio surreale. La maggior parte di loro aveva l'ansia stampata in faccia. Ad un tratto incontrammo Alberto, un nostro caro ex compagno di corso con cui eravamo soliti passare i nostri pomeriggi universitari.

"Ehi! Quanto tempo! Anche voi qui?! Sono contento di rivedervi!", esclamò; "Mi aspettate quando finite? Mi piacerebbe sapere che fine avete fatto!"

Gli risposi che l'avrei aspettato davanti all'ingresso. Elisa abbozzò appena un sorriso e fece un cenno con la testa, era sempre più nervosa.

Io ero tranquillo. Da sempre, in simili circostanze, avevo un invidiabile sangue freddo. Come mestiere alternativo, avrei sicuramente potuto considerare quello dell'artificiere che taglia i fili delle bombe per disinnescarle.

Andammo a compilare il modulo e poi ci sedemmo vicini. Un personaggio estremamente serio ed intimidatorio, con due occhiali spessi come lenti d'ingrandimento, ci lesse la traccia dell'articolo che dovevamo comporre.

"Bene, ora girate i fogli e cominciate pure. Avete quattro ore da adesso."

Un'ultima occhiata d'intesa ad Elisa ed iniziai a riordinare le idee. Stavo bene, avevo un obiettivo. Quando vedevo la meta da raggiungere mi esaltavo, riuscivo sempre a dare il meglio di me. Finii dieci minuti prima dello scadere del tempo, consegnai il mio articolo e andai a fumare una sigaretta, attendendo gli altri due all'uscita. Dopo un quarto d'ora, li vidi finalmente uscire e li raggiunsi.

"Com'è andata ragazzi?"

"Benino credo, poi vedremo", disse Alberto, con la sua proverbiale tranquillità.

"Non ne voglio parlare", rispose Elisa. "Accompagnatemi per uno Spritz."

A prescindere di come sarebbe andata, ero già contento di aver potuto rivivere una serata in loro compagnia, specialmente di aver rivisto Alberto. Era una sorta di gigante buono di un metro e novantasette per centotrenta chili, sempre molto cordiale e piacevole da incontrare, che metteva sempre di buon umore. Una persona semplice e genuina, con molto talento nella scrittura. Quando lavorammo (gratis) per qualche mese al giornale universitario, era il mio più acerrimo "rivale", i nostri articoli erano sempre i più interessanti ed apprezzati.

Ci raccontò che la macelleria di suo padre non navigava in buone acque ed aveva iniziato a lavorare come aiuto cuoco in un ristorante messicano per continuare a pagarsi gli studi, ma era stato licenziato da poco, poiché lo chef lo aveva beccato mentre si mangiava di nascosto gli antipasti nella cella frigorifera.

"Mi davano da mangiare mezzo burrito o un piatto di pasta e fagioli, come pretendevano che potessi lavorare con la pancia vuota?!"

Io ed Elisa scoppiammo a ridere, specialmente perché lui era realmente convinto di non aver fatto nulla di sbagliato. Nel mentre, si era scofanato praticamente tutto il tavolo delle tartine incluse nell'aperitivo, attirando su di sé gli sguardi di disapprovazione dei camerieri e del padrone del locale.

Alla fine della serata, gli Spritz divennero dieci e dovetti riaccompagnare a casa Elisa sulle spalle, così ci scambiammo i contatti e ci salutammo, mentre era intento ad ingurgitare anche le ultime fette di pane affettato e i salatini al wasabi.

Quindici giorni dopo, ero seduto sul divano di Elisa a bere un altro caffè, quando ricevemmo una mail con i risultati del concorso. Io me ne ero quasi dimenticato, non avevo molte aspettative a riguardo ed ero convinto che, a prescindere, avrebbero vinto i soliti raccomandati. Elisa aprì il documento Excel con la graduatoria e rimase con lo sguardo attonito sul suo cellulare, strabuzzando gli occhi.

"Bè? Chi ha vinto? Qualche stronzo con un cognome

importante immagino?"

Mi guardò, accentuando un sorriso malinconico, vedevo che era delusa ma allo stesso tempo eccitata:

"Terza classificata: una certa Eleonora Pavini; secondo classificato...Oliver Milani!

"Io? Mi prendi per il culo?"

"Non scherzo! Leggi!"

"Non ci posso credere! Non me lo sarei mai aspettato! E chi è il primo?" Andai a leggere in alto al documento:

"Primo classificato: Alberto Grestini...No dai non è possibile...quel bastardo mi ha fregato anche stavolta, quanto lo odio!!"

Ero felice del risultato ottenuto ed allo stesso tempo mi rodeva che proprio Alberto mi avesse battuto, ma, in fondo, faceva piacere andare avanti insieme. Elisa mi abbracciò forte, facendomi i complimenti, con un velo di tristezza in volto.

"È incredibile pensare che molti si preparavano da mesi e tu, venendolo a sapere il giorno prima, sei arrivato secondo...Fai veramente incazzare, ti prenderei a schiaffi! Non so come tu faccia a cavartela ogni volta, ma sei fenomenale, devo riconoscerlo; mi stupisci ogni giorno di più! Congratulazioni Oliver..."

Lei non era arrivata nemmeno tra i primi venti e per una delle poche volte, avevo provato dispiacere sincero per qualcun altro. Sapevo quanto ci tenesse e avrei voluto che avesse vinto anche lei.

"Facciamo così, tu continua a studiare e a lavorare duro ed io ti assumerò un giorno nel mio giornale. In fondo, se non fosse stato per te, non mi sarei nemmeno mai iscritto a questo concorso. Ed io non dimentico mai le persone che mi aiutano. Deal?!"

"Deal!"

Il suo volto divenne finalmente più disteso. Pochi istanti dopo mi squillò il telefono:

"Pronto?"

"OLIVEEEEEERR!!!!!" Il vocione di Alberto mi rimbombò nel timpano, facendomi sobbalzare.

"Allora che mi dici?! Prendi e porta a casa!!!"

"Sei un cornuto! Non so chi tu abbia pagato per arrivare davanti a me, ma è un buon contatto! Comunque sono felice di poter proseguire insieme. Come ai vecchi tempi!"

"AHAHAHAH! Sei il solito cretino!! Ci vediamo a Londra, amico mio! A presto!"

6.

Non mi ero ancora reso conto di ciò che era accaduto. Tornai a casa e diedi la notizia a mio padre, che ne fu orgogliosamente sorpreso, ma anche preoccupato:

"Bravo ragazzo, questa volta mi hai davvero impressionato. Ma dimmi, come farai a mantenerti un mese a Londra? Io purtroppo non ho soldi da darti."

"Ho qualche risparmio da parte", risposi.

"Bravo, e vai a fotterteli tutti così, in uno stage non pagato, per imparare a fare un mestiere che ormai non paga nemmeno un affitto, se non ad un'élite di raccomandati, senza nemmeno uno straccio di laurea in mano? Oliver, mi piacerebbe molto che tu andassi se le cose fossero diverse, ma arriva un momento nella vita in cui devi guardare in faccia la realtà. Si sta per liberare un posto alla fabbrica di biscotti, il vecchio Elmo sta per andare in pensione. Con qualche spintarella, magari posso farti entrare…"

"A me fanno cagare quei biscotti!"

"Non sarà il lavoro più gratificante del mondo, ma ti garantisce uno stipendio con cui costruirti una vita dignitosa. E poi è a tempo indeterminato. Con i tempi che corrono è una grande occasione!"

"Che bello! Quarant'anni in fabbrica a fare biscotti! Con ottime possibilità di carriera, in caso qualcuno muoia o vada in pensione! È proprio quello che ho sempre sognato da bambino!"

"Tu non vuoi capire. È questa la vita vera! È fatta di sudore, fatica e mani sporche, che ti piaccia o meno, devi fartene una ragione!"

Rimasi in silenzio per qualche secondo.

"Papà…Tu sei felice?"

"Bè…" esitò, "Alla fine non stiamo così male. La felicità è

un concetto relativo."

"Mi dispiace che tu la pensi così e posso capirne il motivo, né ti giudico per questo, perché hai tutte le ragioni del mondo. Ma per me non è ancora il momento di arrendermi. Non posso pensare che la vita si riduca solo al lavoro, al far arricchire qualcun altro sulle mie spalle, sgobbando dodici ore al giorno per pagarmi da mangiare e da dormire. Non così, senza nemmeno averci provato. Se poi dovessi fallire, ti prometto che mi metterò l'anima in pace e verrò ad impastare biscotti con te, ma non adesso. Io ci credo ancora e voglio andare fino in fondo."

Mio padre abbassò gli occhi sconsolato. Ero certo che potesse comprendermi, ma probabilmente voleva testare fino a che punto fossi davvero determinato a spingermi.

I mesi estivi antecedenti al mio trasferimento trascorsero velocemente, tra qualche lavoretto occasionale, qualche amica e molte birre stappate, con un solo pensiero in testa.

Poi, il venticinque di ottobre, arrivò finalmente il giorno della partenza. Non ero mai stato fuori dall'Italia e l'idea mi elettrizzava. Mio padre mi accompagnò in aeroporto fino al banco dei check-in. Non l'avrebbe mai ammesso, ma c'era un velo di tristezza nei suoi occhi. Mi dispiaceva lasciarlo da solo, ma io, una vita nella fabbrica di biscotti, non volevo passarla.

Prima di salutarmi, mise una mano in tasca e tirò fuori una mazzetta di banconote:

"Questo è tutto ciò che ho risparmiato negli ultimi sei mesi, non è molto, ma almeno non sei per strada. E prendi anche questi biscotti, in caso ti venisse fame." Era il suo modo di dirmi che mi voleva bene e forse, in fondo, una parte di lui sperava che ce la facessi, per riscattare anche la sua di vita. Non voleva dirlo a voce alta, perché si sa, anche sognare ha un prezzo e lui non voleva più delusioni dalla vita. Ci salutammo con un abbraccio rigido, ma sentito.

"... Mi raccomando..." riuscì a dire con gli occhi lucidi. Li avevo anch'io, ma eravamo entrambi troppo "uomini" per farci beccare. Entrambi sapevamo che, nonostante lo stage fosse solo di un mese, io andavo lì per restare e c'erano buone probabilità che non ci saremmo visti per lungo tempo.

Mentre mi accingevo a passare la sicurezza, sentii la sua voce in lontananza:

"Buona fortuna figliolo, fatti valere!"

Sul suo volto si fecero largo un sorriso abbozzato, misto ad una scintilla di speranza nei suoi occhi lucidi. Lo salutai con la mano, mi voltai e mi asciugai gli occhi, dirigendomi verso l'imbarco.

Non avevo mai preso un aereo prima di allora. Osservavo affascinato la città dal finestrino, rimpicciolirsi a vista d'occhio, fino ad arrivare sospeso qualche metro sopra immense distese bianche. Come in un limbo, potevo scorgere il grigiore azzurro del cielo di fine giornata misto ai colori di un pallido tramonto nella sua totalità, circondato solo da irregolari masse gassose armoniosamente disordinate, intravedendo appena i bagliori artificiali della città sottostante.

"We are now landing to London Stansted."

La voce roca del comandante riecheggiò negli altoparlanti.

Ad un tratto, mi sentii come precipitare, vedendo dissolversi rapidamente quel candore circostante che mi aveva avvolto fino a quel momento. Le forme, quei colori cupi e magici delle otto di sera e quell'insieme di luci si fecero man mano più chiari e distinti. Gli alettoni laterali si aprirono e poco dopo un piccolo tonfo accompagnò il mio atterraggio.

'Finalmente ci siamo', pensai tra me e me. Il mio sogno cominciava da lì.

Mi ritrovai all'aeroporto di Stansted, trafitto da un vento gelido che penetrava nelle ossa ed una sottile pioggerellina che mi bagnava senza che me ne accorgessi.

Presi i miei bagagli e saltai sul primo pullman a disposizione. Erano già le undici di sera quando arrivai nel quartiere di Hammersmith. Ero affascinato da quell'ambiente così diverso, dagli odori dei take away, dalla camminata sul fiume e dalle luci del ponte che creavano quell'atmosfera un po' magica ed un po' malinconica, una realtà che non avevo mai assaporato prima. Mi fermai in riva al fiume a fumare una sigaretta, seduto sul muretto.

Ero felice ed aperto al mondo nuovo di cui stavo per iniziare a far parte. E come successe a Roma, un ragazzo venne a scroccarmi una sigaretta.

Il ragazzo si chiamava Lukasz, o qualcosa del genere, ed era polacco. Scoprii che aveva una camera proprio nella mia nuova dimora, lì vicino. Faceva il muratore e si era trasferito lì da un anno, anche lui in cerca di fortuna. La nostra casa aveva ben cinque camere da letto ed un solo bagno; era la classica casa vittoriana, strutturata su tre piani. Sentii l'odore di chiuso e di vecchio appena entrato lì dentro; era totalmente cosparsa da una moquette marroncina, vecchia di almeno dieci anni, che probabilmente aveva visto andare e venire un sacco di persone.

La mia stanza era un terzo di una mansarda, un piccolo buco con appena lo spazio per un tavolino ed un letto singolo schiacciato nell'angolo. Pagavo all'incirca cinquecento sterline al mese, come il costo di un monolocale nella periferia di Roma. Diedi un paio di craniate al soffitto e vennero giù dei calcinacci, ma cercai di non curarmene. Posai i bagagli e decisi di andare a fare un giro in centro.

La vita a Londra era molto più veloce rispetto a quella in Italia. Correvano tutti, anche sulle scale mobili della metropolitana, in cui, tra l'altro, i sedili erano rivestiti anch'essi di moquette e che era di un'efficienza mai conosciuta prima: c'erano tredici linee che collegavano la città e treni che passavano ogni due minuti. I trasporti pubblici di Roma sembravano lontani anni luce.

Appena uscito dalla metro, mi ritrovai ad osservare lo spettacolo del Tamigi, illuminato dalla ruota panoramica del London Eye ed incorniciato dal Big Ben. Il tutto aveva qualcosa di magico e misterioso. Mi stappai una birra e mi sedetti a godermi lo spettacolo.

Anche se ancora non lo sapevo, sarebbe sempre rimasto un posto da chiamare "casa".

7.

La mattina successiva mi svegliai presto e mi incamminai per il mio primo giorno al Times.

Aveva sede vicino al quartiere di London Bridge, nei pressi dell'omonimo ponte. Arrivai con largo anticipo e decisi di andare a fare colazione. Entrai in una sorta di caffetteria che serviva anche da mangiare la colazione all' inglese. Incontrai Alberto, che si stava già strafogando. Nel suo piatto c'erano due uova, tre strisce di pancetta affumicata, quattro salsicce, con un contorno di fagioli rossi e patatine fritte.

"Ehi Oliver! Anche tu qui?! Non so tu, ma io già amo questo Paese!", esclamò compiaciuto. Presi un toast ed un espresso, probabilmente il peggiore che avessi mai bevuto e mi sedetti vicino a lui. Una volta terminata la colazione di Bud Spencer, ci avviammo finalmente agli uffici del Times. Appena entrati nell'edificio, la ragazza alla reception, la quale indossava una minigonna così corta e stretta che lasciava pochissimo spazio all'immaginazione, ci accompagnò nella nostra sala riunioni. Eravamo una decina di persone, noi del concorso insieme agli altri sei che si erano guadagnati il pass per vivere quell'opportunità, più un paio dei soliti raccomandati. Incontrammo anche Eleonora, la terza classificata, che era già lì da mezzora. Io ed Alberto ci presentammo, ma era così acida che ci rivolse a malapena lo sguardo.

"Stronza, porta rispetto, siamo comunque arrivati prima di te in graduatoria" sussurrai scherzando ad Alberto, il quale scoppiò in una fragorosa risata che la fece indispettire ancora di più.

Poco dopo entrarono una serie di personaggi interessanti, molto ben vestiti ma con delle cravatte e dei calzini sgargianti che erano un pugno in un occhio. Ci fecero una breve introduzione su come si sarebbe svolto lo stage e conclusero con una grande notizia:

"Come sapete, il nostro giornale coopera con la medesima testata italiana e lo scopo di questa esperienza è formarvi, per poi assumere uno di voi come aiuto-corrispondente estero, collaborando direttamente con il signor Mutti, qui a fianco a me. Quindi lavorate duro e vinca il migliore!"

Wow, non ne avevo idea. Era un'occasione fantastica e, senza dubbio, ne sarebbe scaturita una guerra interna per riuscire ad accalappiarsi il posto.

I giorni a venire furono molto intensi lavorativamente, se contiamo anche che, nonostante il mio buon livello di inglese, tutto veniva espresso in una lingua che non era la mia e richiedeva il doppio dello sforzo mentale. Ce la stavo comunque mettendo tutta, anche se la convivenza forzata con degli sconosciuti non mi aiutava e le condizioni non erano certo le migliori. Nel mio loculo di camera, quando pioveva forte (il che a Londra non era una rara eventualità), gocciolava dal soffitto.

I polacchi che avevo in casa fumavano ininterrottamente, rendendo l'aria rarefatta. Un pomeriggio avevamo finito prima e rincasai presto, ritrovandomi uno di loro che si montava un troione sul tavolo della cucina, dato che in stanza c'era l'amico impegnato con un'altra.

Inoltre, i miei risparmi iniziavano a scarseggiare. A pranzo mangiavo una barretta di cioccolato e a cena quello che capitava. Spesso andavo a casa di Alberto, dove un piatto di pasta saltava sempre fuori. Per la prima volta, riuscii a capire davvero cosa intendesse mio padre; era una vera e propria lotta per la sopravvivenza, ma amplificata ulteriormente dal fatto che non avessi alcun punto di riferimento, se non quei pochi amici che grazie a Dio non mancavano mai.

La mattina seguente, dopo una filippica di tre ore sulla ricerca accurata delle fonti a cui attingere per scrivere notizie credibili, iniziai ad esplorare i vecchi archivi del giornale. Una foto di qualche anno prima attirò la mia attenzione. Era un articolo su un caso di corruzione e riciclaggio, insabbiato da parte di un certo Adrian Floberti, direttore generale della Solus Era, un'avveniristica compagnia di software che, all'epoca, aveva sede a Torino.

Mi documentai su quell'azienda, scoprendo che venne

inglobata da una multinazionale inglese e, in seguito, venduta ad un gruppo di investimento coreano, una compagnia denominata Kaiwon. Lessi che, nonostante l'evidente colpevolezza, Floberti venne assolto per mancanza di prove.

La cosa che mi colpì di più di quell'articolo però, fu la foto, in particolare la donna che appariva sullo sfondo. Non potevo dirlo con esattezza ed era anche un po' sfocata ma...assomigliava molto al ricordo che avevo di mia madre. Provai ad effettuare altre dettagliate ricerche a riguardo, ma senza trovare nulla di concreto.

"Oliver sto morendo di fame, vieni?"

Senza darci troppo peso, accompagnai Alberto a pranzo.

Il mese di stage passò in fretta ed era arrivato il momento del test finale. Era una fredda giornata dicembrina e Londra era tutta addobbata di luci e colori. Io ed Alberto ci abbracciammo velocemente per farci forza ed entrammo negli uffici del Times.

"In bocca al lupo, amico. Tanto si sa, è tra me e te. Chi vince, tira su l'altro!"

"Hai paura di perdere? Fai bene perché stavolta non te la lascio!"

Si mise a ridere e prese posto.

Ci portarono la traccia dell'articolo che dovevamo scrivere e poco dopo iniziammo. Quella volta ero nervoso, la posta in palio era alta e non riuscivo a concentrarmi.

"Excuse me sir...!", esclamò in tono severo il responsabile, rivolgendosi ad Alberto.

Stava addentando un panino al salame mentre scarabocchiava sul foglio.

"Non riesco a lavorare bene con la pancia vuota!"

Tutti scoppiarono a ridere e l'atmosfera divenne più tranquilla. Finalmente la mia penna iniziò a scorrere.

Tornai a casa stremato ed affamato. Vidi un topo sbucare da sotto il fornello che schizzò sotto la porta. Mi era passata la voglia di cucinare, così mi recai in un pub lì vicino.

Al diavolo, comunque sarebbe andata, quella sera bisognava festeggiare. Dopo la terza pinta di IPA, uscii a fumare una sigaretta. Conobbi Charlotte, una ragazza inglese che lavorava in un'agenzia del lavoro e mi lasciò un paio di contatti.

Eravamo entrambi abbastanza ubriachi e, dopo una breve conversazione di circostanza, finimmo a farlo nei bagni del pub. Una volta finito, si tirò su i pantaloni e se ne andò sorridendo, senza nemmeno salutare.

È proprio vero che a Londra va tutto più veloce.

8.

L'indomani, mi misi subito a cercare un lavoro. I risultati del test al Times sarebbero arrivati dopo Natale e non nutrivo comunque molte speranze. Inoltre, ero quasi al verde.

Londra è una delle città più care al mondo e ti fa spendere anche stando fermo; avrei potuto chiedere qualche soldo a mio padre, ma sapevo che non ne aveva nemmeno abbastanza per sé e non volevo metterlo in difficoltà. Era stata una mia scelta e dovevo farcela da solo.

Portai a mano oltre duecento curriculum in cinque giorni, passando al setaccio la città.

Dopo una settimana, ricevetti una chiamata dalla più famosa catena mondiale di fast food per un colloquio, nel quartiere di Notting Hill. Andò bene ed iniziai il primo giorno di formazione. Il mio supervisore era un ragazzo indiano, un po' spocchioso e disinteressato. Mi mostrò la piastra dove dovevo cuocere gli hamburger congelati, il cestino dove friggere le patatine ed i vari scomparti contenenti i condimenti. Faceva un caldo infernale in quella cucina ed ogni volta che mettevo a friggere qualcosa, mi schizzava olio bollente dappertutto. L'unica protezione che avevamo era un guanto di plastica usa e getta, le cui parti si scioglievano talvolta sopra l'hamburger sulla piastra, ma lui sembrava non curarsene. Notai che aveva numerose bruciature sulle braccia e gli chiesi che cosa gli fosse successo.

"Non è niente, sono qui da un anno, ci farai l'abitudine anche tu", disse senza darci molta importanza.

La prima impressione non fu certamente delle migliori. Dopo nemmeno un'ora, mi chiese di cambiare l'olio della friggitrice. Mentre camminavo con il contenitore in mano, mi schizzò dell'olio bollente sul braccio e mi cadde, andandosi proprio a versare sulla piastra degli hamburger, culminando in un principio di incendio. Scattò l'allarme e fummo costretti ad evacuare l'edificio. Tutti quanti mi guardavano male. Quando il tutto fu risolto, dopo l'intervento dei vigili del fuoco, il capo volle vedermi nel suo ufficio.

"Non c'è male come primo giorno, nessuno mai era riuscito ad incendiare il negozio prima d'ora!"

"Mi dispiace, non l'ho fatto apposta"

"Ne sono convinto, ad ogni modo, non credo che sia saggio per entrambi continuare. La giornata ti verrà pagata, ma temo di non poter proseguire la nostra collaborazione."

"Capisco. Grazie e arrivederci."

Non mi dispiaceva particolarmente aver perso quel lavoro, anche se i miei problemi economici sussistevano e dovevo trovare al più presto una soluzione. Mentre mi avviavo verso casa, ricevetti una chiamata da una pizzeria italiana, situata anch'essa a Notting Hill.

Il manager si chiamava Daniel, un ragazzo pugliese sui trentacinque anni. Mi chiese se ero disponibile per una prova quella sera stessa ed accettai felicemente. Fortunatamente avevo con me una camicia nera di ricambio, così ripresi immediatamente l'autobus in direzione inversa e raggiunsi la pizzeria.

Puzzavo ancora di fritto e non ero molto pettinato, ma sembrai comunque fargli una buona impressione, soprattutto per il mio livello di inglese. Non avevo mai lavorato in un ristorante prima d'ora ed ero veramente un disastro, ma ci mettevo il massimo impegno.

Erano le sette di sera e non mangiavo dal giorno prima; iniziava a girarmi la testa. Così, nonostante un po' me ne vergognassi, mentre buttavo gli avanzi dei piatti che sparecchiavo, mi mettevo in bocca quello che mi sembrava più intatto. Un tavolo aveva lasciato mezza cotoletta alla milanese, una mozzarella di bufala ed un trancio di pizza margherita, che mi ingurgitai in meno di un minuto. Poi andai a prendere i bicchierini di tiramisù nella cella frigorifera al piano di sotto e me ne fregai un paio. Era da tanto che non mangiavo così bene!

Detto questo, lavorare in quel posto divenne piuttosto infernale. Daniel era costantemente intrippato di coca e passava le serate strillando contro tutti e sbattendo costantemente i piatti per terra, portando me ed il resto dello staff al limite della sopportazione.

Ero lì dentro da tre settimane, ma mi sembrava una vita. Fortunatamente la paga era settimanale, il che mi diede un attimo di tregua e mi permise di pagare un altro mese di affitto.

Avevo finalmente un giorno libero, che spesi a bere, fare la spesa, lavatrici e pulire casa. Poi la sera, intorno a mezzanotte, ricevetti un'inaspettata chiamata dalla mia collega Laura, che singhiozzava:

"Oliver...Quel bastardo ci ha lasciato a casa...Me, te ed Andrea. Per assumere i suoi amici. Mi ha incaricato di dirtelo."

Rimasi senza parole. Non ero certo uno dei più bravi camerieri sulla piazza, ma facevo il mio. Era alquanto ingiusto. Chiamai il locale immediatamente. Lo stronzo era ancora dentro, probabilmente a tirarsi qualche grammo nel suo ufficio e rispose con il suo solito, falso tono viscido:

"Prrrontoo Prontoo Metro Pizza!"

"Non hai neanche le palle di dirmelo in faccia?"

"...Non avevo il tuo numero...", riuscì solamente a balbettare.

"Pensa che manager! Non ha nemmeno il numero dei suoi impiegati!"

Riagganciò. Ed io ero di nuovo disoccupato.

Prima che venissi licenziato, ero riuscito ad ottenere quattro giorni di ferie, così decisi, con quei pochi soldi che avevo guadagnato, di tornare a casa a passare il Natale con mio padre. Avevo prenotato esattamente per quattro giorni, pensando di dover poi rientrare al lavoro.

Era il ventiquattro dicembre. Arrivai all'aeroporto di Roma Ciampino verso le sei di sera, mio padre sarebbe dovuto venire a prendermi a quell'ora. Ma quando uscii dal terminal, non c'era nessuno. Dopo mezzora provai a chiamarlo, ma il cellulare era staccato. Mi accesi una sigaretta e mi sedetti ad aspettare. Dopo un'ora e mezzo pacchetto svuotato, mi squillò il telefono.

"Buonasera, lei è il figlio di Ettore Milani?"

"Sono io"

"…Mi dispiace ragazzo…Purtroppo il suo è l'unico contatto che abbiamo trovato, mi rincresce che debba venire a saperlo così. Suo padre è stato vittima di un grave incidente stradale ed è deceduto poche ore fa."

Quelle parole mi attraversarono il petto come una lama. Non riuscivo nemmeno a piangere.

Rimasi seduto per altre due ore, non potevo capacitarmene. Ero pallido in faccia e stavo congelando dal freddo, ma non lo sentivo. Un signore distinto, che aveva appena accompagnato il figlio, mi vide e mi portò a prendere un caffè. Si chiamava Oreste. Dopo avergli raccontato tutto, ebbe il buon cuore di accompagnarmi all'ospedale e di aspettare con me che svolgessi tutte le pratiche burocratiche.

"Vieni a cena a casa mia stasera, non è bello stare soli la vigilia di Natale"

"Non voglio disturbare"

"Nessun disturbo, sono solo anch'io e la tua compagnia non può che farmi piacere"

"Perché fai tutto questo per me? Nemmeno mi conosci"
"Perché ho un figlio della tua età e mi piace pensare che, se mai si ritrovasse nella tua situazione, anche in un mondo di bastardi insofferenti in cui ci ritroviamo a vivere, ce ne sarebbe almeno uno che farebbe la cosa giusta."

Oreste preparò una cena abbondante, ma non riuscii a mangiare molto per ovvi motivi. Sembrava così surreale che fosse successo proprio a me. Non ero in grado di provare niente. Ed iniziavo anche a sentirmene in colpa, ma era più forte di me. Non ero preparato ad affrontare quel dolore così improvviso ed era come se si fosse innescato un meccanismo di autodifesa, mettendo un lucchetto ai sentimenti e alle emozioni.
Rimasi a dormire da Oreste, nella camera di suo figlio, ma non chiusi occhio tutta la notte.
Il giorno di Natale, mi diede un passaggio verso casa di mio padre. Appena oltrepassai l'uscio, respirai il suo odore ed intravidi le sue cose sparse in giro. Un forte dolore mi pervase lo stomaco ed andai in bagno a vomitare.

Iniziai ad essere tempestato di chiamate e messaggi da gente che non vedevo né sentivo da anni, che mi mandavano le condoglianze di rito, ma non avevo voglia di sentire nessuno e spensi il telefono. Me ne stavo lì seduto nella mia bolla a fissare il vuoto. Così andai a prendere una cassa di birra ed una di whiskey dalla dispensa di mio padre ed iniziai a bere, una dopo l'altra, tutte le bottiglie che c'erano, finché non collassai stremato sul divano.

Si fece largo una figura nella penombra, che mi sembrava familiare. Apparve mio padre che mi sorrideva.

"Che cazzo ridi, è questo il modo di andarsene, così, senza salutare? Mi lasci qui da solo?"

"A tutto c'è un motivo. Fatti forza. Non preoccuparti per me, sto bene qui. Lascia andare i sensi di colpa. Non è colpa di nessuno, doveva andare così."

"Che devo fare adesso papà? Mi sento perso…", singhiozzai con un filo di voce.

"Lo sai già quello che devi fare. Va' a finire ciò che hai cominciato"

"Non ho più soldi, non ho un lavoro e presto non avrò più nemmeno una casa dove tornare, né qui né lì. Ce la sto mettendo tutta, ma è una lotta continua là fuori, non so se ce la faccio..."

"Oliver...Non ho mai dubitato che potessi farcela. Ci sei quasi, continua a seguire la strada che senti dentro"

"Parli proprio tu che mi hai offerto un posto alla fabbrica di biscotti!"

"Se ci hai ripensato, si è appena liberato un posto!", rise lui.

La sua immagine divenne più sfocata.

"Aspetta, devo chiederti delle cose ancora, mi lasci qui così?!", gli urlai con lo sguardo smarrito.

"Perdonami se sono stato sempre così distante, ma sappi che ti voglio molto bene. Da quando te ne sei andato, non c'è stato giorno che non ti dedicassi un pensiero o che non mi vantassi di te con i miei colleghi. C'è un piccolo aiuto nel terzo cassetto della cucina, che non ho fatto in tempo a darti. Sono molto fiero di te figliolo. A testa alta sempre, ce la farai. Ora devo andare. Fatti forza, ti sono vicino, sempre!

Buon Natale Oliver."

Sorridendo, se ne andò.

9.

Ancora un po' annebbiato, aprii gli occhi e mi ritrovai in ospedale seduto sul lettino e tutto intubato. Era stato un sogno, una proiezione della mia mente, come Albus Silente per Harry Potter? Eppure sembrava così vivida quella conversazione.

"Si è svegliato!", gridò l'infermiere. Il dottore entrò in sala e mi si approcciò con sguardo severo.

"Ragazzo, quanto hai bevuto? Sei andato in coma etilico! Che ti è saltato in mente? Non so per quale miracolo sei qui a raccontarlo! Se quel signore non ti avesse portato qui in tempo ci avresti lasciato la pelle."

Mi voltai. C'era Oreste sull'uscio della porta.

"...Ma come...?"

"Ero sul divano a guardare la televisione, a guardare uno di quei balordi *varietà* natalizi che fanno più piangere che ridere. Mentre mi chiedevo se tu stessi bene, una scatola di biscotti al cioccolato mi è caduta in testa dalla credenza e l'ho preso come un segno."

Sorrisi guardando in alto.

"Non sono superstizioso, ma ho deciso di mettermi in macchina, data la situazione già delicata. Infatti, dopo aver bussato cinque volte, è uscita la vicina, che aveva un mazzo di chiavi in più e ti abbiamo trovato steso sul divano."

"...Ti ringrazio. Di cuore. Ho visto mio padre...", dissi ancora un po' confuso.

"Eh ci credo, eri più di là che di qua! Comunque spero ti abbia detto quello che aveva da dirti", rispose accentuando un sorriso. "Ora riposa, se ti va bene torni in forma per capodanno!", scherzò.

"Grazie ancora di tutto. Buon Natale Oreste."

Rimasi lì un'altra notte e fui dimesso il giorno dopo. Ancora un po' sottosopra, mi avviai verso casa. Non stavo ancora bene, sotto tutti i punti di vista, ma non potevo nemmeno permettermi di starmene fermo. Mentre cercavo di pensare al da farsi, mi tornò in mente quella conversazione con mio padre. Forse mi ero immaginato tutto ed era solo quello che avrei voluto sentirmi dire. Eppure mi ricordavo tutto alla perfezione. Senza troppe aspettative, mi diressi in cucina e aprii il terzo cassetto. C'era una busta con cinquecento euro dentro ed un biglietttino: 'Un piccolo aiuto per un grande traguardo. Continua ad inseguire il tuo sogno. Buon Natale, il tuo fiero papà.'

Scoppiai finalmente in un pianto profondo e liberatorio, dopo di che, stremato, mi addormentai.

Ci misi un paio di settimane per organizzare tutto ciò che conseguiva dalla scomparsa di mio padre. Il padrone di casa mi disse che l'affitto di quel mese non era stato pagato, ma vista la situazione, non insistette. Mio padre mi aveva lasciato i soldi del suo affitto per aiutarmi. Gli consegnai le chiavi dell'appartamento e andai a prendere l'autobus verso l'aeroporto, in direzione Londra.

La mia stanza singola ed i muratori polacchi erano nello stesso stato di degrado in cui li avevo lasciati. Uno di loro mi accolse con un sonoro "WELCOME BACK"!! ruttando mentre si scolava l'ennesima birra.

Avevo cinquecento euro in tasca, venti giorni di affitto pagato e tante belle speranze.

Posai le mie valigie e mi incamminai verso un banco di cambio valute. Il migliore che conoscessi era situato a Queensway, un quartiere arabeggiante nei pressi di Paddington ed Hyde Park. Dopo averli cambiati, decisi di andare a farmi una passeggiata per schiarirmi le idee. Vidi tre tizi col cappuccio che mi seguivano. Cercai di cambiare strada, ma mi raggiunsero e mi accerchiarono.

"Portafoglio e cellulare, tira fuori tutto pezzo di merda"

"Preferisco farmi ammazzare, ora levati dai coglioni"

Non era per i soldi. Quello era l'ultimo regalo di mio padre, non glieli avrei dati per niente al mondo.

"Oh che bambino coraggioso!" Il più alto mi si avvicinò e mi diede una testata che mi ruppe il sopracciglio sinistro. Il tizio a fianco, un calcio nello stomaco che mi piegò in due. Una volta per terra, tutti e tre iniziarono a prendermi a calci e pugni finché due di loro non riuscirono ad immobilizzarmi e mi aprirono la giacca sfilandomi il portafoglio. Non contento, il bastardo tirò fuori un coltello a serramanico e me lo avvicinò alla gola, mimando con il pollice che mi avrebbe sgozzato.

'Quindi è così che finisce', pensai un po' rammaricato.

Improvvisamente, due mani lo afferrarono per la gola da dietro. Non riuscivo a vedere bene cosa stava succedendo, vidi solo quel tipo di uno e novanta volare contro il muro, con un braccio piegato a metà, che gridava e si contorceva. Riuscii a mettere a fuoco: Alberto!

Gli altri due mi lasciarono per andargli addosso. Era una furia. Stampò una manata sulla faccia del primo, il quale si accasciò a terra stordito e rifilò un cazzottone dritto in bocca al secondo, che, provando a replicare, lo fece innervosire ancora di più e venne scaraventato in un cassonetto dell'immondizia.

"E ringrazia che non ho trovato un tombino, solo lì nelle fogne possono stare gli stronzi come voi!"

Recuperò il mio portafoglio e mi aiutò a rialzarmi. Sanguinavo dal sopracciglio ed ero un po' acciaccato, ma rispetto a quei tre stavo bene. Non avevo mai visto Alberto così incazzato. Per mia fortuna, arrivò al momento giusto.

"Grazie Albe, è bello rivederti"

"Gente di merda. Andiamo via prima che li ammazzi del tutto, ti porto a mangiare qualcosa."

Il giorno seguente, ancora indolenzito, fui svegliato dalla vibrazione del cellulare. Era un'email dal Times. La aprii ed iniziai a scorrere velocemente.

'Gentile Sig. Milani, la ringraziamo per la partecipazione e per il suo impegno profuso.

Nonostante la sua brillantezza, professionalità ed indiscusse capacità, siamo spiacenti di comunicarle che lei non possiede i requisiti necessari per proseguire con noi. Le auguriamo le migliori fortune nella sua carriera giornalistica. Distinti saluti.'

'Perfetto, andiamo di bene in meglio', pensai. Continuai a fissare il telefono sconsolato. Ci avevo creduto, per un po'. Qualche minuto dopo, ricevetti un messaggio da Alberto:

"Ehi Oliver, che mi dici?"

"È andata male. Se me lo chiedi, immagino anche a te..."

"...Già...", rispose avvilito.

"Birretta a Soho?"

"E birretta sia. Ci vediamo alle quattro al solito posto."

Soho era forse il quartiere più centrale di Londra, vicino a Piccadilly Circus. Era molto frequentato dalla comunità omosessuale e aveva dei locali molto pittoreschi. Arrivai puntuale e vidi Alberto a pochi metri che mi stava aspettando all'entrata del pub; giusto in tempo per godermi la scena:

"Ma che bell'*orsacchiotto coccoloso!*", esclamò un individuo pelato estremamente effeminato, con i baffi alla

Village People, dando una pacca sul culo ad Alberto. Lui, sorpreso e terrorizzato, fece uno scatto indietro, finendo rovinosamente addosso ad una ragazza con un vassoio pieno di pinte di birra, che si frantumarono in mille pezzi.

Io non riuscivo a smettere di ridere e lui divenne viola in faccia dalla vergogna, così decidemmo di spostarci in un altro locale un po' più tranquillo.

Camminammo fino allo *"Shakespeare's Head"*, un tipico pub inglese con i tavoli in legno ed una moquette lurida di almeno trent'anni. Ordinammo due birre e ci sedemmo. Alberto era cupo in volto.

"Non mi aspettavo di vincere quando sono venuto qui, ma è sempre brutto quando ti svegli da un bel sogno."

"Lo so. Che farai ora?"

"…Oliver…Guardiamo in faccia la realtà. È bello sognare ed è stato giusto provarci. Ma è ora di andare a casa. Non ho un lavoro e ho quasi finito i soldi anch'io. Sono stanco di mangiare merda, dividere casa con dei mentecatti senza Dio ed uscire tutti i giorni con l'ombrello. Tornerò in Italia dopodomani e andrò a dare una mano a mio padre. Ho la fortuna di avere almeno un lavoro garantito giù. Tu che intenzioni hai?"

"Non lo so. Non ho più niente. Ma in qualche modo mi arrangerò. Non so perché, ma sento che devo stare qui"

"Buona fortuna allora…Se ti serve qualcosa, lo sai…"

"Hai già fatto tanto, incluse tutte le cene che hai condiviso con me quando avevo il frigo ed il portafoglio vuoti. Non so come avrei fatto senza di te qui. Me ne ricorderò sempre."

Dopo le mie parole, notai un accenno di commozione nel suo sguardo, che distolse immediatamente.

"È stato un piacere stare in tua compagnia. Ti mando dei salami di cinghiale quando torno"

Risi.

"Non ti abbattere Albe. Un giorno avrò il mio giornale e ti assumerò a lavorare con me. Resti comunque il mio degno rivale!" Scherzai.

Finimmo l'ultimo sorso e ci abbracciammo. Anzi, lui mi stritolò fino quasi a farmi arrivare i polmoni in gola.

"Ciao orsacchiotto coccoloso!"

Il Posto Più Bello Del Mondo

Abbozzò un malinconico sorriso e se ne andò.

10.

Il mattino seguente, mi presentai ad un'agenzia di collocamento privata, situata nell'allora malfamato quartiere di Seven Sisters.

Era gestita da italiani ed aveva una tassa di iscrizione di cinquanta sterline. Vidi un bel gruppetto di persone che aspettavano sedute, attendendo una chiamata. La maggior parte dei lavori che offrivano erano nella ristorazione, che a me faceva cagare, oltre ad esserne incapace e privo di esperienza. Avevo dalla mia, rispetto alla maggior parte degli altri, di possedere un ottimo livello di inglese.

Dopo un paio d'ore passate seduto ad aspettare, la titolare, una donna siciliana di nome Anna verso i cinquant'anni, mi chiamò a colloquio.

Fui onesto e le rivelai di non avere molta esperienza, sottolineando però che la buona volontà non mi mancasse. Mi mandò in un ristorante molto avveniristico vicino a Waterloo, proprio a due passi dal Tamigi, per una prova come assistente-barman.

Fu un disastro totale. Mi studiai anche tutti i cocktails e la lista dei vini prima di andarci, ma il mio supervisore, anche lui italiano, fece di tutto per mettermi in difficoltà, per testare come avrei reagito. E forse perché era anche un po' stronzo.

Lucidai almeno cinquecento bicchieri in quella prova, ne ruppi due e preparai un Bellini con il succo di pomodoro ed un Bloody Mary con il prosecco. Il culmine della serata fu quando mi chiese di aprire una bottiglia di spumante senza far rumore. Avevo le mani bagnate e avevo perso un po' la sensibilità a forza di lavare bicchieri, così, oltre a far rumore, mi partì il tappo, che finì direttamente su una tetta floscia di una vecchia scrofa inglese, la quale iniziò ad inveirmi contro. Dopo aver assistito al tutto, la manager mi accompagnò alla porta.

Mi ripresentai in agenzia il giorno dopo. Anna mi mandò in un altro ristorante italiano ad Angel, che già dal nome era tutto un programma. Si chiamava "La Pancetta". Già ne immaginavo il prestigio derivante da una mia ipotetica e remota assunzione.

"Dove lavori?" "Alla Pancetta!"

Accettai comunque. Non ero nelle condizioni di poter rifiutare nulla.

Lì durai una settimana, dove incontrai anche dei ragazzi interessanti. Ero il più giovane del gruppo e diciamo che, se nelle esperienze precedenti, mancasse poco che mi sputassero addosso, almeno qui mi salutavano e scambiavano due parole.

Tutti i camerieri erano italiani e nessuno di loro, nella vita, faceva veramente quel lavoro. La crisi in Italia stava dilagando e molti avevano deciso di cercare fortuna a Londra.

Conobbi Enrico, un ex attore di fiction nostrane e cantante di Bossa Nova, anche lui di Torino, piuttosto cinico e critico nei confronti di chiunque e della vita in generale. Poi c'era una donna sulla quarantina, Elsa. Simpatica ed altezzosa al tempo stesso, la quale a Genova disegnava gioielli e che non riusciva ad ammettere di non avercela fatta. C'era Alfredo, un ragazzo napoletano che spacciava coca e si divertiva a rompere gli specchietti delle macchine in sosta. E poi c'ero io, in cerca di un'insperata stabilità. Era il quadro perfetto dei nuovi emigranti del nostro secolo, che, per qualche motivo ancora poco chiaro, la vita aveva portato lì.

Nonostante il lavoro non mi entusiasmasse, era piacevole avere qualcuno di "familiare" con cui parlare e questa era la mia motivazione quotidiana.

Poi un giorno venne un turista arabo a mangiare da noi, chiedendomi consiglio su quale antipasto ordinare, in un inglese quasi incomprensibile, dicendomi che voleva fare bella figura con la sua fidanzata, una ragazza con il burka che avrà avuto la metà dei suoi anni. Io portai loro un piatto di affettati misti. Mentre lei si ingurgitava voracemente due fette di crudo, a lui venne il sospetto che fosse maiale e a me il sospetto che fossi licenziato. Entrambi avevamo ragione.

Tornai nuovamente all'agenzia e questa volta fui mandato da un'impresa di pulizie per uffici.

Sentivo di aver toccato veramente il fondo. Non che ci fosse nulla di male in quel lavoro, ma era decisamente diverso dalle mie aspettative iniziali. Otto ore a spolverare mobili, scrivanie, pavimenti. E i cessi. Una sera stavamo pulendo gli uffici comunali di Ealing e c'era un'acqua putrida che usciva dal bagno degli uomini. Ovviamente mandarono me, l'ultimo arrivato e senza tanti complimenti. Mi addentrai in quel gabinetto che strabordava di merda. Dovetti infilare la mano giù nel profondo della gola del water per tirare fuori uno stronzo molliccio di venti centimetri che aveva intasato tutto, ma nell'operazione mi si era sfilato il guanto di lattice e mi ritrovai con il suddetto stronzo tra le mani, assalito da conati di vomito.

Tutto questo per cinque sterline all'ora. Resistetti ben tre settimane in quell'impresa di pulizie, dopo di che mi dissero che erano in esubero e ne fui quasi sollevato. Avevo racimolato abbastanza soldi per un altro mese di affitto e qualche pacco di salsicce da Tesco, la catena di supermercati più diffusa. Sei salsicce a cinquanta centesimi, con ben il quaranta percento di carne, che sgocciolavano un ignoto liquido dal colore arancio fuoco, ad oggi bandite dal mercato.

Mi mancavano le cene da Alberto ed i miei amici in generale, mi sentivo incredibilmente solo e con una gran voglia di mandare tutto all'aria e tutti a fanculo.

11.

All'agenzia avevo conosciuto Pier, un ragazzo che era scappato dalla quotidianità della periferia di Roma per cercare una vita più appagante.

Era un tipo interessante, forse anche un po' matto, ed avevamo molte cose in comune: eravamo entrambi ambiziosi, senza un soldo e ci piacevano un sacco le donne. Ma lui, rispetto a me, era fenomenale: cambiava un lavoro al mese, ma per scelta sua. Era una persona molto sveglia e positiva, e riusciva sempre ad entrare nelle grazie dei suoi datori di lavoro.

Iniziammo ad uscire spesso insieme e si creò una buona amicizia e stima reciproca. Nonostante le nostre ristrettezze economiche, ne usciva sempre una grande serata: ci compravamo un paio di lattine di birra da nove gradi all' *"off licence"*, una sorta di minimarket presente in ogni quartiere di Londra, per poi entrare a rimorchiare nei club gratuiti più degradati.

Una volta era talmente ubriaco che si mise a ballare con una slovacca sessantenne e, preso dal momento, se la portò in bagno. Lo vidi uscire poco dopo con lo sguardo serio, chiedendomi di uscire a fumare. Lo seguii.

"...Bè...?"

"Eh Oliver...stavamo per finalizzare, poi le ho tirato giù le mutande...Ho visto una foresta di peli pubici argentei e non ce l'ho fatta!!"

"AHAHAHAHA CHE COGLIONE!!"

Un'altra volta gli andò anche peggio. Era riuscito ad abbordare una ragazza che sembrava una top model, o almeno, lo appariva dopo quattro birre. Era brasiliana ed aveva ventidue anni, viso angelico, molto prorompente ed affascinante, ma c'era qualcosa in lei che non mi convinceva.

"Oliver, stasera mi sono innamorato!"

"Bellissima...ma non è un po' strano?"

"Che cosa?"

"Che una così venga via con uno di noi?"

"Ma che dici! Già gliel'ho detto, soldi non ne ho. Vuole solo qualcuno che l'accompagni a casa. E poi oh, sono un bel ragazzo, avrà voglia di un po' di qualità dopo chissà quanti piselli rinsecchiti che s'è presa!"

Lo vidi salire sul bus notturno con lei. Non ebbi sue notizie per una settimana, finché mi chiese di uscire di nuovo, dicendomi che aveva bisogno di parlarmi. Ci incontrammo vicino al Big Ben, aprimmo una lattina di birra e ci sedemmo sul muretto a fumare. Era un po' abbacchiato.

"Che è successo?"

"Ti ricordi della ragazza dell'altra sera?"

"Certo. Com'è andata?"

"...Siamo andati a casa sua e mi ha offerto ancora un po' da bere. Dopo un paio di bicchieri mi ha portato in camera da letto e si è messa a novanta..."

"...Wow...non è certo una che si fa pregare!"

"Eh...quindi insomma iniziamo l'amplesso, poi dopo qualche minuto realizzo...Mi blocco e le grido "MA SEI UN UOMO!?"

Lei si ferma e con un vocione basso e profondo mi fa "E CHE TI ASPETTAVI??". Non sapevo che fare e me ne sono scappato di corsa, ma la...O meglio, IL bastardo, aveva chiuso la porta a chiave, che teneva sul comodino."

Io stavo cercando di mostrare comprensione, facendo fatica a trattenermi. Avevo quasi le lacrime agli occhi dal ridere, ma cercai di non farmi notare, smettendo di respirare per qualche secondo.

"Ho provato a prenderla, ma lo stronzo era fortissimo, mi ha sbattuto sul letto ed ha iniziato a frustarmi col pisello in faccia, gridandomi se mi piaceva e che ero la sua troia", continuò, sempre più sconvolto;

"Ho avuto veramente paura di essere inculato!!"

A quel punto non riuscii più a trattenermi e scoppiai a ridere, piegato in due, solo immaginandomi la scena ed iniziò a ridere anche lui, nonostante potessi scorgere ancora il terrore nei suoi occhi.

"Sono riuscito a rompere la serratura a calci e sono scappato mentre quello mi teneva da dietro e mi si avvinghiava col suo quarantasei di piede intorno alle cosce. Quando sono arrivato a casa me lo sono lavato con la varichina ed ho passato una settimana in giro per i bar a raccontarlo a sconosciuti da quanto ero traumatizzato. Che brutta esperienza!"

"AHAHAHAHAH STO MALE!!!"

"Ridi ridi stronzo, tanto prima o poi capita pure a te! Non sai mai con chi si finisce qui!"

Già, il bello (o, in alcuni casi, il brutto) di Londra era anche questo, non sai mai dove ti porta, o con chi, specialmente la notte.

12.

Il mio periodo di iscrizione all'agenzia di collocamento era scaduto ed avrei dovuto pagare altre cinquanta sterline, che non avevo.

Mi sedetti in un bar a prendere un caffè. La ragazza che me lo servì aveva una faccia insofferente e mi rivolse a malapena la parola, senza nemmeno salutare o ringraziare.

Non ho mai sopportato quel tipo di atteggiamento, anzi, mi indispettiva parecchio. Puoi avere tutti i migliori motivi, ma non costa niente essere gentili, o perlomeno educati. Ormai mi sorprendevo quando notavo un minimo di umanità in giro tra le persone, addirittura quasi mi commuovevo quando qualcuno si fermava davanti alle strisce pedonali per permettermi di attraversare la strada. Chissà poi perché; richiede molto più impegno essere scortesi senza motivo, e poi te la vivi male.

Ad ogni modo, notai che cercavano un barista e le chiesi gentilmente a chi potevo lasciare il mio curriculum. Per mia fortuna (o almeno, in quella circostanza), lei era proprio la manager del negozio. Mi fece un colloquio veloce e venni assunto in prova, avrei cominciato la settimana seguente.

Nel frattempo, il mio contratto era scaduto e dovetti cambiare casa, il che fu una fortuna. Presi una stanza a Dollis Hill, un quartiere non proprio raccomandabile in zona tre a nord-ovest di Londra, in una casa con altre quindici persone.

A dir la verità, sembrava più un ostello che una casa, popolato da italiani e brasiliani. Dopo qualche tempo, diventammo come una grande famiglia ed era anche piacevole tornarci la sera e fare quattro chiacchiere in compagnia.

La caffetteria dove iniziai a lavorare apriva alle sei ed era situata a quaranta minuti di autobus dalla mia nuova casa, il che significava che dovevo alzarmi alle quattro del mattino.

Tutte le mattine alle quattro e mezza, a quella fermata, eravamo sempre e solo io ed un ragazzo rumeno che parlava al telefono ininterrottamente; chissà poi con chi cazzo parlasse a quell'ora. Era febbraio e tirava sempre un maledetto vento ghiacciato, così dopo una settimana, mi venne la febbre.

Tuttavia, non mancai un solo giorno. Volevo davvero tenermi quel lavoro. Non era il massimo della vita, ma preferivo fare caffè rispetto a pulire piatti e bicchieri e l'atmosfera del locale non era male, tranne quando la manager era in turno con me.

Si chiamava Lydia, era anche carina, ma per qualche motivo era sempre incazzata col mondo.

Nonostante mi fosse venuta la bronchite e mi reggessi a malapena in piedi, ero sempre presente e facevo del mio meglio. Il mese di prova passò in fretta e Lydia mi chiamò nel suo ufficio.

"Caro Oliver…sei un barista accettabile, ma devo terminare qui il tuo periodo di prova."

"E perché mai??"

"Non sorridi abbastanza quando servi i clienti, il servizio è importante in questa compagnia."

Pensavo scherzasse, ma pensandoci bene lei non scherzava mai. Licenziato perché non sorridevo abbastanza. E proprio da lei poi! Non volevo crederci. Guardai il cielo per un attimo, chiedendo cosa stessi sbagliando e perché non riuscissi ad ingranare. Presi le mie cose ed uscii dal negozio, salutandola con un vaffanculo a trentadue denti.

Tornai a casa sconsolato, raccontando l'accaduto ai miei coinquilini, anche loro increduli.

Ero di nuovo col culo per terra, ma non mi persi d'animo.

Pochi giorni dopo, ricevetti la chiamata da una gelateria italiana di Portobello, pittoresco quartiere al centro di Notting Hill, proprio di fianco alla celebre libreria del famoso film di Julia Roberts e Hugh Grant. Quel posto era in qualche modo fortunato per me, era già il terzo lavoro che riuscivo ad ottenere nei dintorni.

Rispetto a tutti gli altri che avevo svolto, era una pacchia:

vendevo circa dieci gelati al giorno, ne mangiavo quanti ne volevo ed il resto del tempo lo passavo al computer a farmi gli affari miei.

Del resto, non c'erano molte persone desiderose di un gelato a Londra nel mese di marzo. Finalmente riuscii a trovare un po' di stabilità economica; non potevo certo considerarmi realizzato, ma ebbi un attimo di respiro.

Restai a "lavorare" lì per sei mesi, finché venne il periodo del famoso carnevale giamaicano di settembre. Era un evento annuale di tre giorni, con una forte affluenza di persone di origini caraibiche ed afro-americane, che si devastavano di birra, canne, acidi e *jerk chicken*, una loro variante di pollo alla brace, sfasciando tutto quello che incontravano.

A maggior motivo, praticamente tutti i negozi di Portobello venivano chiusi durante quell'evento. Tutti tranne il nostro, visto che il titolare ebbe la brillante idea di lasciarlo aperto per compensare il mancato fatturato degli ultimi mesi.

Quella domenica settembrina vidi l'inferno in Terra. Era una marcia infinita di questi folkloristici bestioni ubriachi mezzi nudi che si facevano largo a spallate tra la folla, avanzando come degli animali in calore tra i carri della sfilata, che pompavano musica assordante ed improponibile.

Verso le tre del pomeriggio c'erano già in giro più ubriachi e fatti che sobri, con risultati immaginabili: gente che pisciava e vomitava ovunque, strade intasate, persone collassate agli angoli che dormivano nel loro vomito. Ed ovviamente presero d'assalto il negozio. Entrarono e svuotarono il registratore di cassa, spaccarono una vetrina, cagarono sulle scale e due di loro si accoppiarono sulla macchina del gelato, lasciando il preservativo usato sulla riserva della stracciatella come souvenir. Chiamai la polizia, ma arrivarono dopo sei ore, quando era già tutto distrutto.

"Oh wow, sembra che si siano divertiti qui. Non c'è molto che possiamo fare al momento", disse uno di loro, senza mostrare particolare interesse; "Fammi un favore ragazzo, è stata una giornataccia...non è che potresti farmi un caffè...?"

Gliel'avrei tirato in faccia il caffè, ma lo assecondai.

Quello fu il mio ultimo giorno di lavoro in quella gelateria, che chiuse definitivamente i battenti; i danni furono ingenti ed il proprietario, che aveva preso il locale in affitto, decise di non voler più investirci un soldo.

Almeno avevo messo da parte qualcosa in quei sei mesi e potevo vivere tranquillo per un po', mentre cercavo un altro impiego.

Avevo perso il lavoro di nuovo, ma ero piuttosto spensierato. Era passato quasi un anno da quando ero arrivato a Londra e mi sembrava una vita. Un anno duro, intenso, vissuto sempre sul filo del rasoio, ad un passo dal tracollo ed avevo anche perso mio padre. Tuttavia, ce la stavo facendo, pian piano la mia nuova vita iniziava a prendere forma.

Non avevo la minima idea di dove questa strada così ingarbugliata mi stesse portando, ma intanto andavo avanti; sicuramente era meno monotona della mia quotidianità italiana.

Inoltre, avevo riscoperto un po' di umanità nelle persone, anche in quella società cinica che correva ed avanzava tra un'indifferenza dilagante. Non mi ero mai trovato in situazioni del genere prima d'ora, né sono mai stato particolarmente religioso, ma ho imparato che quando si dà tutto, una mano, da qualche parte, arriva sempre, anche quando sembra tutto perduto.

13.

Ero molto stanco emotivamente e decisi di cambiare aria per un po'. Mi avrebbe fatto piacere rivedere Alberto ed Elisa, ma non ero ancora pronto a tornare a Roma, il ricordo dell'ultima volta era ancora vivido nella mia mente e avevo bisogno di staccare.

Optai per il Giappone. L'oriente mi affascinava da sempre e mi sembrava il posto perfetto per starmene un po' in pace, lontano dalla frenesia londinese.

Rientrato a casa, iniziai a cercare le offerte e prenotai un volo per il giorno seguente. Preparai la valigia e puntai la sveglia quattro ore dopo.

Non so per quanto avessi dormito quella notte, probabilmente intorno ai venti minuti. Avevo la testa affollata di pensieri. Ad ogni modo, mi feci una doccia veloce per svegliarmi, mi infilai i pantaloni e mi diressi verso l'aeroporto di Heathrow.

La mia destinazione finale era Osaka, con scalo proprio a Roma di un paio d'ore, in cui riuscii a godermi un caffè decente dopo tanto tempo. Ero così contento che ne presi tre nell'arco di quelle due ore.

L'aereo era colmo di giapponesi, eravamo solo tre italiani, probabilmente dato dal fatto che molti preferivano andare a Tokyo. Il caso volle che mi sedetti proprio vicino ad uno di questi. Si chiamava Gianmarco e stava andando ad un congresso internazionale di avvocati. A quanto pare era un pezzo grosso dell'ambiente, ma anche una persona piuttosto logorroica ed io stavo morendo dal sonno. Mentre mi parlava della sua sfolgorante carriera e dei mille viaggi di lavoro che gli avevano permesso di girare il mondo, crollai sul sedile e mi svegliai solo al tonfo dell'atterraggio.

Non parlava inglese proprio nessuno, ma erano di una

gentilezza mai conosciuta prima di allora. Mostrai il foglio della prenotazione del mio albergo e fui accompagnato da un impiegato aeroportuale fino al binario.

Ero riuscito a capire la fermata dove avrei dovuto cambiare treno, ma non quale treno prendere per arrivare a destinazione. Chiesi aiuto ad una ragazza, la quale, vedendo il treno in partenza, intimò al controllore di aspettarmi finché non fossi salito. La salutai dal finestrino cercando di ringraziarla, mentre lei mi accompagnava con gli occhi, sfoggiando un lungo sorriso.

Arrivato a destinazione, c'era un'immensa distesa di palazzi, insegne e mille vie piene di colori che si intrecciavano tra loro. Non avevo ancora uno smartphone all'epoca, né tantomeno Google Maps, quindi non sapevo da che parte iniziare. Chiesi aiuto fuori da un supermercato ed un vecchietto venne in mio soccorso. Dopo aver letto il nome dell'hotel, mi accompagnò seguendomi in bicicletta, sincerandosi che arrivassi nel posto giusto.

Ero già innamorato di quel luogo!

Entrai nell'hotel Diamond, ad una stella. Mi ero mantenuto

basso sul prezzo, visto che non sapevo ancora quanto sarei rimasto. Appena entrato, notai che c'era soltanto un cane alla reception, che quando mi vide iniziò a pisciare dappertutto.

Immediatamente uscì la titolare dal retro che lo portò fuori e mi diede le chiavi della mia stanza, senza che io capissi una sola parola.

Arrivai in una camera al quarto piano che sembrava un ripostiglio e non aveva nemmeno il letto. C'erano una presa di corrente, un asse di legno da parete a parete che formavano una sorta di tavolino ed una specie di sacco a pelo. Per cinque euro a notte, poteva andare.

Posai le valigie ed andai a mangiare in un minuscolo ristorante all'angolo, in cui c'era uno schermo all'entrata, la foto dei piatti offerti e lo spazio per inserire il denaro. Ne guardai una ventina e non riuscii a capire che cosa stessi ordinando, così ne premetti uno a caso e mi sedetti. Non avrei saputo dire con esattezza che cosa stessi mangiando, ma era tutto buonissimo e avevo pagato appena tre euro.

Era sabato e, finita la cena, iniziai ad esplorare i dintorni. Mi diressi nel quartiere di Namba, il quale avevo letto essere il centro di Osaka. Era pieno di insegne luminose lampeggianti e cartelloni pubblicitari, che contornavano i negozi più singolari, tra cui un negozio di bambole gonfiabili rassomiglianti i personaggi dei manga, il quale aveva anche un distributore di mutandine da donna usate che mi colpì particolarmente.

Dopo un breve mini-tour e dopo essermi perso, mi sedetti su un blocco di marmo. Tutti camminavano velocemente, senza degnarmi di uno sguardo. Notai un ragazzo dall'aspetto europeo seduto a pochi metri da me ed iniziai a parlare con lui.

Si chiamava Juan, veniva da Malaga ed era in Giappone da sei mesi. Faceva il lavapiatti in un ristorante, mentre studiava la lingua. Era particolarmente socievole e probabilmente anche felice di parlare con un altro europeo, dato che non se ne vedevano molti da quelle parti.

"Ti porto in un posto figo, vámonos!"

Camminammo fino ad un *gaijin bar* chiamato *Casa Lapichu*,

gestito da un peruviano che aveva sposato una donna locale. Mi aveva spiegato che in Giappone c'erano due tipi di locali, quelli ordinari e quelli per stranieri, appunto, gaijin, in cui si ritrovavano tutti gli expats o i giapponesi che avevano voglia di conoscere stranieri.

C'erano persone da tutto il mondo ed un'atmosfera rilassata, una sana allegria senza casino. Si stava proprio bene. Conobbi un ingegnere indiano, un programmatore informatico di Dubai ed un cuoco francese.

E poi conobbi Yuko. Era una ragazza locale, molto semplice ed affabile, che rideva spesso. Aveva vissuto tre anni a New York, quindi parlava un inglese comprensibile. Era più grande di me, avrà avuto intorno ai trentasette anni su per giù, anche se non li dimostrava. Iniziammo a parlare del più e del meno e ci scambiammo i contatti.

Il giorno seguente, mi invitò a cena a casa sua, situata in un provinciale paesino chiamato Goido, situato a quaranta minuti dai centri di Osaka e Nara.

Era una realtà molto piccola, avrà potuto contare cinquemila abitanti che si affacciavano su quattro vie principali, con villette a schiera ornate dal tradizionale tetto a punta. C'era anche un piccolo minimarket, una pasticceria che vendeva torte meravigliose e delle risaie che separavano le varie vie, con i pali della luce congiunti da lunghi fili ondulati che si connettevano alle case circostanti. Il paesaggio rifletteva proprio le ambientazioni dei cartoni animati con cui siamo cresciuti!

Le persone locali mi fissavano come fossi un alieno, ma anche con discreto interesse. Arrivai a casa di Yuko e notai sorpreso che c'era anche sua madre. Era altrettanto gentile e cucinò una cena con i fiocchi.

Più tardi, mi portarono a bere ad una Izakaya, dove mi sfondai di sakè, così, date le mie condizioni, mi offrirono di restare a dormire lì per la notte. Mi risvegliai il mattino dopo solo in casa, con la colazione sul tavolo ed un biglietto:

"Noi siamo al lavoro e torniamo verso le cinque, fa come se fossi a casa tua, queste sono le chiavi. Se vuoi restare anche questa sera, sei benvenuto, ci fa piacere averti con noi!"

Pazzesco, non potevo credere ai miei occhi. Mi ritrovavo da solo in una casa di una semi-sconosciuta, in una remota periferia giapponese, con il frigo ed il cuore pieni di cose buone. Per assurdo, mi sentivo più a casa lì che a Londra. Stavo bene lì, così decisi di andare a prendere la mia roba dal mio triste sgabuzzino dell'hotel Diamond e di portarla a casa di Yuko.

Mi sentivo in debito, così nel mentre andai a fare la spesa e preparai cena per lei e sua madre, che ne furono piacevolmente soprese. Del resto, un piatto di pasta unisce sempre, specialmente se cucinato da un italiano!

Dopo cena, io e Yuko andammo a fare due passi in un parco lì vicino.

"Come hai fatto a fidarti? A lasciare uno sconosciuto in casa tua?"

"Mi sei sembrato subito una persona buona, non ho mai avuto dubbi. E poi non è che ci sia molto da rubare in casa mia!"

"Ti ringrazio, è stato uno dei gesti più belli che abbia ricevuto. Posso chiederti dove sia tuo padre?"

"Lui non c'è più. Ha deciso di farla finita qualche anno fa."

Mi raccontò che c'era una brutta storia di soldi dietro, che suo padre non era stato in grado di ridare al cognato e quindi, dalla vergogna, si era gettato da un cavalcavia con la macchina, cercando di far ottenere alla sua famiglia i soldi dell'assicurazione, la quale, a sua insaputa, non copriva però i suicidi. Mi disse che non lo aveva mai raccontato a nessuno e che nessuno gliel'aveva mai neanche chiesto, perché in Giappone era maleducazione fare certe domande.

Ma io, con la mia consueta faccia da culo, mi ero fatto raccontare tutto e lei fu felice di condividere il suo dolore.

Le raccontai anche la mia storia, di quanto mi sentissi perso e confuso e di non sapere nemmeno dove fosse mia madre.

"Vieni con me al tempio di Kyoto sabato. C'è l'anziano maestro che forse può darti una mano a trovare una via."

Ero un po' dubbioso a riguardo, ma decisi di seguire il flusso.

Dopo un'ora di treno, giungemmo in una di quelle che erano considerate le perle della tradizione nipponica. La cittadina di Kyoto si estendeva su una strada in linea retta, che portava al colle dei templi, su cui si innalzavano maestosi a decine.

Camminammo fino al più imponente e decorato, dove iniziò da lì a poco una cerimonia buddista, con il sacerdote che suonava una campana, bruciava incensi e meditava, seguendo le parole dell'anziano maestro. Io non capivo nulla, ma mi godevo il contesto folkloristico e l'atmosfera di pace.

La cerimonia durò un' ora, dopo di che Yuko mi portò dinnanzi all'anziano. Non parlava ovviamente inglese, quindi lei mi faceva da interprete.

"Anziano maestro Arayama, è un piacere rivederla. Le presento *Oliver-San*, è venuto apposta da lontano per parlare con lei. Ha bisogno del suo aiuto."

Lui mi fissò impassibile e mi fece cenno di avvicinarmi.

Un po' impacciato, mi sedetti vicino a lui. Metteva soggezione.

"Chiudi gli occhi e medita con me, ragazzo."

"...Non l'ho mai fatto, ma...ok..."

Inizialmente mi sentivo un cretino, poi dopo qualche minuto riuscii a lasciarmi andare. Sgombrai la mente e sentii un'energia accrescere dentro di me. Il vecchio aprì gli occhi e mi mise una mano sulla fronte.

"Quello che cerchi non è qui. E non è ora. Trova la pace con te stesso. Continua a lottare con coraggio e l'universo ti si presenterà quando arriverà l'ora. Vedo molta luce nel tuo avvenire. Non perdere la speranza."

Mi tolse la mano dalla fronte e accentuò un mezzo sorriso.

"…Sí ma…che vuol dire di concreto...?", chiesi a Yuko.

"Che devi avere pazienza, smettere di giudicarti, di pensare così razionalmente e continuare a seguire la tua parte autentica e riuscirai a trovare la tua strada."

"Sì ok…Sono bellissime parole e molto toccanti, ricche di significato e spiritualità…Ma da dove comincio? Che cosa devo fare? Non so più dov'è casa mia, né che cosa devo fare della mia vita."

Intervenne di nuovo il maestro Arayuma:

"Fermati quando sei stanco. Ascoltati. Accudisciti.

Perdonati. Non seppellire le tue emozioni, i tuoi sensi di colpa, le tue frustrazioni, i tuoi sogni, che hai nascosto poiché li credi troppo grandi per te o troppo difficili da raggiungere. Stai con te stesso, senti le tue emozioni, i tuoi dolori, le tue volontà che hai represso poiché la vita ti ha portato a farlo. E quando non hai una risposta, fermati lì, con te stesso, e aspetta. Essa ti giungerà quando sarai pronto ad accoglierla."

Quelle parole mi giunsero un po' confuse, ma mi toccarono. Forse ero davvero troppo razionale per capirle fino in fondo, ma decisi di fidarmi e vedere che cosa sarebbe successo. Non avevo comunque alternative migliori. Inoltre, dicono che chi ha fede in qualcosa, sia una persona più felice e moltiplica le sue possibilità di realizzazione personale.

Mi inchinai, ringraziando e salutando il vecchio maestro e mi incamminai con Yuko verso il centro della città. Si iniziavano già ad intravedere i famosi *"Sakura"*, i primi fiori di ciliegio, che contornavano i templi tradizionali e le rive del fiume, dipingendo uno spettacolo magnifico. Incrociai lo sguardo protettivo di Yuko ed il suo sorriso affettuoso, e la abbracciai. Iniziavo a capire qualcosa di ciò che mi aveva detto il vecchio. Per esempio, quel momento era perfetto così com'era. Un piccolo attimo di felicità.

14.

Quello in Giappone fu il mio primo viaggio da solo, che mi permise di uscire dal mio guscio a vedere cosa ci fosse fuori e ne conserverò sempre un ricordo meraviglioso.

Decisi che da quel momento in poi, se mi fossi trovato indeciso davanti ad una scelta folle, mi sarei buttato ed il mondo avrebbe fatto il resto.

Passai due settimane memorabili insieme a Yuko, ma arrivò inevitabilmente il giorno della mia partenza. Non ci perdemmo molto nelle solite frasi di circostanza, né nelle paranoie nostalgiche. Sapevamo entrambi che, molto probabilmente, non ci saremmo mai più rivisti e andava bene così. Entrano molte persone nelle nostre vite, poche per restarci ed alcune al momento giusto, e così era stato per noi.

Salutai calorosamente sua madre e strinsi Yuko in un lungo abbraccio.

"Sayonara Oliver-san. Spero che tu possa trovare la tua serenità. Prenditi cura di te."

"Arrivederci Yuko-chan. È stato bello incontrarti. Stammi bene e continua ad illuminare il mondo con la tua gentilezza, sei meravigliosa!"

Mi sorrise dolcemente e, con gli occhi un po' lucidi, se ne andò, mentre io mi incamminavo tristemente felice verso l'aeroporto.

Ritornai a Londra con uno spirito diverso, più positivo e meno impaziente, tenendo a mente le parole del vecchio maestro. Difatti, appena una settimana dopo, trovai subito lavoro. O meglio, uno dei miei coinquilini mi presentò al suo capo, ma è comunque sempre una questione di esserci, anche con la testa, al momento giusto.

Iniziai a lavorare come receptionist notturno in un hotel di

Trafalgar Square, il centro di Londra per eccellenza, per la più famosa catena alberghiera del mondo. Era un lavoro piuttosto rilassato; dopo mezzanotte, generalmente, non avevo quasi più nulla da fare fino alle sette del mattino.

Eravamo in tre ed il mio manager era un tipo molto alla mano, un ragazzo indiano un po' paffutello che era comico già solo a vedersi.

Mi aveva raccontato che una volta si era disteso a prendere il sole in un prato, nei pressi di un bosco e si era levato la maglietta; ma era talmente peloso che rischiò di essere fucilato dai cacciatori, che da lontano lo scambiarono per un cinghiale.

Aveva solo quattro anni in più di me e diventammo presto buoni amici, tra sigarette, cibo rubato dalla cucina e disavventure varie. Quest'ultime soprattutto, non mancavano mai.

Non avrei mai pensato che lavorare in hotel ti esponesse di fronte ad una moltitudine di situazioni così stravaganti, molte delle quali ai limiti dell'assurdo.

Ricevevo ogni possibile tipo di lamentela: le stanze erano

troppo piccole, il materasso troppo duro, il cuscino troppo molle, mancava il whiskey scozzese dell'ottantaquattro nel nostro bar, il profumo delle saponette era troppo industriale, la vista della camera non dava sul Tamigi (situato cinque chilometri più in là), c'è un fantasma nella mia camera, dovete assegnarmene un'altra e tante altre fantastiche storie.

Iniziai ad odiare le persone.

Una volta, uno stronzo americano venne a dirmi che le sue tende erano troppo blu, di un blu elettrico e non gli permettevano di dormire bene.

"Quindi, mi scusi, cosa vuole che faccia?"

"Non è un mio problema, lei è incaricato di risolvere i problemi, quindi faccia qualcosa."

"L'unico problema che vedo qui è mentale"

"…Come si permette…?!! La faccio licenziare!!"

Per fortuna il mio supervisore intervenne a moderare la situazione e mi mandò in ufficio.

Gli avrei tirato un gran calcio in culo e trascinato fuori, ecco la mia soluzione. Ovviamente voleva solo uno sconto, come la maggior parte degli altri.

Ad ogni modo, la posizione strategica dell'albergo ed il suo brand ci regalarono anche delle scene epiche, che solo di notte al centro di Londra si possono verificare.
Una sera, il nostro albergo ospitava un grande evento, la festa aziendale di una famosa agenzia di collocamento privata. Ricordo questa biondina, avrà avuto intorno ai venticinque anni. Si ubriacò e drogò a tal punto da vomitare e allo stesso tempo cagarsi addosso mentre era seduta sui divanetti del bar. Le feci soltanto i complimenti e la accompagnai in camera.

Inoltre, ero anche incaricato del servizio in camera e anche lì non mancarono situazioni "interessanti".
Stavo portando una bottiglia di Champagne alla camera 412 e camminavo in giro per il quarto piano.
"AAAAAAAAAAAAAAAAAAAAAAAAAAAAAA AAAAAHHHHHHH!!!!!!!"

Un urlo minaccioso provenne dalla camera 409 lì vicino. Mi prese un colpo e rovesciai il vassoio, con la bottiglia che cadde a terra. Bussai alla sua porta per vedere se stesse bene, ma non ricevetti alcuna risposta. Decisi così di utilizzare il mio passe-partout ed entrai in camera. Vidi un uomo seduto sul water che stringeva i denti e sudava freddo, che mi guardò con aria sorpresa.

"Tutto bene signore? L'ho sentita urlare e mi sono preoccupato…"

"HO LE RAGADI!! ORA VATTENE FUORI PICCOLO STRONZO!!"

Ubbidii e mi fiondai fuori, mentre lui continuava a sbraitare, lottando con il suo di stronzo.

Tuttavia, ogni tanto, si incontravano anche persone piacevoli con cui parlare. Una famosa scrittrice, o perlomeno, abbastanza conosciuta, soggiornava da noi, era una cliente fissa da quattro mesi. Era una bella donna sulla quarantina, bionda, alta e formosa. Ordinava ogni sera un bicchiere di vino rosso e non risparmiava mai un saluto e due chiacchiere. Mi sorprese la sua gentilezza ed umiltà, normalmente mi aprivano la porta e mi mandavano quasi a fanculo, come se li stessi disturbando, nonostante l'ordine l'avessero piazzato loro stessi. Ma lei no, la servivo sempre volentieri. Una sera ordinò due bicchieri di vino rosso.

"Buonasera Signora Emma! Aspetta qualcuno stasera o la giornata è stata particolarmente dura?"

"Ciao Oliver, il secondo è per te. Sei l'unica persona che mi tiene compagnia in questi giorni e volevo offrirti da bere."

Fortunatamente quella sera non ero molto impegnato, così, anche se un po' titubante, decisi di accettare. Era una donna estremamente sensibile ed aveva sempre qualcosa di interessante da dire su qualsiasi argomento. Emma quella sera era particolarmente bella, aveva un vestito lungo azzurro semi-trasparente che lasciava intravedere le sue forme prorompenti. Durante la nostra conversazione, mi confessò di essere sposata con un uomo d'affari, che non le rivolgeva quasi più parola. Condividevano ancora la stessa casa, nella città di Newcastle, a nord dell'Inghilterra, ma praticamente entrambi vivevano in hotel.

"Peggio per lui. Sei una donna affascinante ed interessante, che renderebbe speciale ogni giornata. Sono certo che avrai la fila di estimatori."

Fu l'unica banalità che riuscii a proferire in quel momento, sentendomi piuttosto patetico ed accomodante; ma lei mi sorrise.

"Mi trovi attraente?"

"…Altroché…", risposi con un filo di imbarazzo.

"Vieni qui", ammiccò. Mi si avvinghiò al collo e cominciò a baciarmi. Mi prese le mani e le mise sotto il suo vestito. Aveva un seno enorme e non indossava alcuna biancheria. Poi mi trascinò delicatamente sul letto e mi aprì la cerniera dei pantaloni. Si alzò il vestito ed iniziammo a farlo. Nel mentre ricevetti una chiamata da un'altra camera:

"Si, camera 318, vorrei ordinare un club sandwich e un bicchiere di Merlot"

"…"

"Mi ha capito…?"

"Certo signore! C'è un po' di coda negli ordini al momento,

ma cercheremo di fare al più presto!"

"È sicuro? Perché lei ha il fiatone e c'è una donna che ansima in sottofondo?!"

"...No signore è che sono molto occupato con gli ordini e c'è un'ospite che non si sente bene nella camera qui a fianco!"

"...Ah...sì sì capisco...per favore, si lavi bene le mani prima di preparare il mio sandwich...!"

"Certo signore!" Nel mentre Emma si lasciò andare ad un acuto che probabilmente svegliò tutto il piano. Nella mia testa immaginavo già il colloquio del mio licenziamento.

"Wow...questo sì che è un servizio a cinque stelle!", esclamò.

Mi chiusi la zip ed andai a preparare il club sandwich.

L'aneddoto più incredibile, però, riguarda George. Era il portiere più anziano di tutti, aveva sessantaquattro anni, lavorava lì da quasi quaranta ed era prossimo alla pensione. Era di origini ghanesi, si era trasferito a Londra con la sua famiglia quando era ragazzino e tutti gli volevano bene.

Un giorno si sentì male e venne trasportato in ospedale, da cui non ne uscì più. La sua scomparsa non fu resa nota prima della settimana successiva, per volere della famiglia. Inoltre, l'albergo era grande e c'erano oltre cinquecento impiegati, quindi le persone si conoscevano per la maggior parte di vista, ma non personalmente e la notizia non venne fuori per un po'. Una mattina, Carlos ed Eddy, due addetti alla manutenzione ignari di tutto, andarono a prendere il solito caffè e lo videro lì seduto:

"Ehi George! È un po' che non ci si vede! Forse è ora che tu vada in pensione?!"

"Eh sì…Sono venuto a salutare, non ho più molto tempo…Salutatemi tutti", rispose loro, alzandosi ed uscendo dalla camera. Poi ci raggiunsero alla reception per il rapporto mattutino.

"Dov'è andato George?", chiese Carlos con noncuranza.

Tutti quanti strabuzzarono gli occhi, incluso il direttore, visibilmente turbato ed infastidito:

"Che cosa stai dicendo? Ti pare un argomento su cui scherzare?"

"...No...l'abbiamo appena visto io ed Eddy nella camera dello staff...!"

"...George è morto due settimane fa, l'altro ieri c'è stato il suo funerale..."

Calò il gelo nella stanza e sui loro volti impalliditi. Posso affermare quasi con certezza che non stessero mentendo, a giudicare dalla loro espressione in volto; inoltre, non credo ne avessero alcun motivo per farlo, specialmente su un argomento così delicato. George era venuto a dare l'ultimo saluto al suo amato hotel.

15.

La mia vita cominciava ad avere una parvenza di normalità. Erano ben otto mesi che lavoravo in quell'hotel, il mio lavoro più lungo di sempre fino ad allora.

Una notte iniziai a mandare il mio curriculum online a caso, preso dalla noia. Il giorno successivo, venni contattato da un altro hotel della medesima catena alberghiera per un colloquio ed incredibilmente andò bene, così venni assunto come manager notturno.

Passare da una posizione di portantino/receptionist notturno ad una manageriale era totalmente fuori dal comune, sono cose che possono succedere soltanto a Londra.

Infatti, inizialmente accusai il colpo. Non c'era più nessuno dietro cui nascondersi all'occorrenza di situazioni particolarmente complesse e non avevo certo l'esperienza necessaria per fronteggiarle. Tuttavia, in qualche modo portai avanti la baracca. Decisi di adottare l'unico stile di management che conoscevo, ovvero quello del mio precedente supervisore.

Gli impiegati sotto di me divennero fedelissimi, mi coprivano sempre, in ogni circostanza, ed io coprivo loro. Si creò un'atmosfera familiare ed era quasi un piacere andare al lavoro, nonostante i mille problemi di quell'albergo.

Era una battaglia quotidiana che combattevamo tutti insieme ed io ero in prima linea. Mi piaceva quella sensazione di leadership, mantenendo comunque le spalle coperte.

Riuscii finalmente anche a trasferirmi in una casa più dignitosa. Finalmente un appartamento tutto mio. A farne le spese fu la locazione: ovviamente, non potevo permettermi niente di sontuoso e l'unico che fosse alla mia portata, era situato di fronte all'aeroporto di London City, ad est, nei Docklands.

La casa era un po' datata, ma accogliente. Avevo addirittura il salotto, con un divano (che ti risucchiava a terra da quanto era sfondato) ed una televisione a schermo curvo del '96 che pesava cinquanta chili e prendeva ben tre canali!

Purtroppo, l'architetto idiota che l'aveva progettata, aveva pensato bene di piazzare la camera da letto proprio dal lato della pista di atterraggio degli aerei e, come se non bastasse, lì di fronte passava anche il treno, la famosa DLR, ogni dieci minuti. Non proprio l'ideale per uno che lavora di notte. Ma ero comunque soddisfatto. Avevo un lavoro stabile, una casa, qualche buon amico e qualche amichetta che passava sempre di là.

Mi ricordo che la sera di capodanno mi stavo preparando per andare al lavoro, c'erano meno due gradi ed un tramonto che infuocava il cielo. Mi sedetti ad osservarlo con il mio caffè in mano ed iniziai a pensare. A pensare che quell'anno avevo proprio corso fino allo stremo e lottato come un leone. Ma ero lì, nella mia nuova casa fatiscente con vista aeroporto ed ero diventato un manager. Mentre il sole si abbassava lentamente, alzai gli occhi al cielo.

"Hai visto papà cosa sto facendo? Altro che biscotti!! È dura quaggiù, mi manchi, ma io sono fortissimo sai?! Continua a seguire lo spettacolo, è solo l'inizio! Buon anno, ovunque tu ti trovi."

Strinsi il nodo alla cravatta, mi infilai il cappotto e mi incamminai verso la metro. Il mio anno finiva così, con una nuova consapevolezza e tante belle speranze nel cuore.

La mia carriera lavorativa stava decollando ed io mi stavo spingendo al limite per cercare di arrivare sempre più in alto.

Dopo un anno e qualche mese passati come manager notturno, venni assunto come responsabile della reception; in pochi anni, divenni poi direttore operativo ed infine direttore generale. Avevo trent'anni ed ero a Londra ormai da ben sette.

Ero contento dei risultati raggiunti e finalmente iniziavo a condurre un'esistenza dignitosa. Guadagnavo abbastanza bene e mi ero trasferito nuovamente, questa volta proprio nel quartiere di Notting Hill, là dove tutto aveva avuto inizio.

Ciò nonostante, la mia vita era sempre frenetica e stressante.

Iniziavo ad essere stanco della città, del grigiore perenne, del cibo plastificato, dei nove mesi di pioggia l'anno e dell'insofferenza della gente che la abitava.

Inoltre, quasi tutti gli amici che mi ero creato erano ritornati in patria, perché Londra è, per molti, solo di passaggio, un'esperienza di crescita personale, che, alla lunga, ti consuma con i suoi ritmi forsennati; non vi sono i tempi morti dell'Italia e tutto è in continuo mutamento.

Io, invece, non avevo un posto in cui tornare. Ero spento, senza stimoli e vivevo per arrivare al fine settimana.

Come sempre, tutto arrivò al momento giusto. Mentre ero intento a preparare il rapporto sul fatturato potenziale dei quindici mesi futuri, con le palle che mi scendevano sotto la sedia, ricevetti una telefonata da un'agenzia interinale, che aveva trovato il mio profilo online.

"Mr. Oliver Milani? Salve, vorremmo proporle un'offerta di lavoro"

"Ah...di cosa si tratta?"

"Cerchiamo un *business development manager* per

l'apertura di una sezione di un albergo a Singapore ed espansione del brand nel sudest asiatico, può interessarle?"

Nonostante non aspettassi altro, avvertii un po' di malinconia all'idea di lasciare quella che era diventata la mia seconda patria, la quale mi aveva accolto a calci e pugni, ma sempre teso una mano che mi aiutasse a rialzarmi. Si fecero largo nella mia mente tutti quei momenti trascorsi in quei sette anni: lo stage al Times con Alberto, il loculo con i muratori polacchi, la prima volta che ho avuto fame per davvero, le notti brave, amici ed amiche da ogni dove, che andavano e venivano, la birra a fiumi, i mille fallimenti, la disperazione e la paura di non farcela, ed infine, le gioie insperate della conquista, della stabilità e della scalata sociale.

Questa è stata la mia Londra, con le sue avversità, le sue contraddizioni e le sue mille sfaccettature; una città che va avanti, sempre e comunque, senza mai fermarsi, che concede a tutti un'opportunità, la possibilità di ricominciare da capo e reiventare la propria vita.

Per me, sarebbe rimasta per sempre un porto sicuro in cui far ritorno; tuttavia, era decisamente arrivato il momento di cambiare aria e di rimettermi alla ricerca del mio posto nel mondo.

Esattamente quindici giorni e quattro colloqui dopo, mi ritrovai seduto in business class, direzione Singapore. La hostess mi accolse con un bicchiere di Champagne e delle tartine di caviale. Che poi a me neanche piaceva, mi faceva schifo solo pensare che fossero uova di pesce. Le chiesi se aveva un panino al prosciutto invece, tanto per farmi riconoscere. Fui accontentato, nonostante il suo sguardo confuso. Ero elettrizzato all'idea e non riuscii a dormire molto. Mi guardai tutta la filmografia degli X-Men, concludendo con Wolverine ed atterrai bello carico.

Già solo dall'aeroporto iniziai a percepire in che tipo di realtà mi ero appena catapultato. Era totalmente ricoperto di moquette, con un bagno ogni cinquanta metri, ognuno nuovo di zecca e con una pulizia impeccabile. Non una cosa fuori posto, tutto splendeva e funzionava a meraviglia. Mi sentivo quasi a disagio, ma allo stesso tempo felice di essere entrato a farne parte.

Il Posto Più Bello Del Mondo

Quaranta minuti di metro, o meglio MRT (anch'essa impeccabile) e mi ritrovai di fronte al Marina Bay Hotel, quello che sarebbe stato a breve il mio nuovo posto di lavoro. Tre torri immense dalla forma asimmetrica, con una piattaforma ove era situata un'immensa piscina al cinquantottesimo piano, affiancata da locali e ristoranti all'ultimo grido, che dominava il quartiere. E lì sotto, io piccolo piccolo, a contemplare uno spettacolo di luci che si affacciava maestoso sulla marina. Mi sedetti su una panchina di fronte e mi accesi una sigaretta fissando il cielo terso ed offuscato dai bagliori artificiali. Mi sentii importante. Non sapevo come fossi arrivato fin lì dalla mia piccola casetta nel bosco dov'ero cresciuto, né perché.

Avevo azzannato la vita al momento giusto e ne avevo preso tutto ciò che ne conseguiva. Eppure mancava qualcosa.

Ad un tratto, una voce improvvisa interruppe i miei pensieri:

"Hello!!"

"…Hi…?"

"Sei nuovo qui?"

"Già, sono arrivato appena un'ora fa"

"Ah ecco...è meglio che tu vada a fumare lì dietro prima che un poliziotto in borghese ti faccia cinquecento dollari di multa!"

"Ah...Grazie della dritta. Piacere, sono Oliver"

"Jam. Benvenuto a Singapore!"

"Ti chiami davvero marmellata o è un soprannome?"

"No è proprio così, ma la marmellata non c'entra. Mia madre mi ha raccontato che ha conosciuto mio padre nel traffico di Manila, nel classico *"traffic jam"*. Lui l'ha tamponata. E da lì ha deciso il mio nome. Non è proprio la storia più eccitante del mondo!"

"Ahahahah si è un po' una storia del cazzo! Bè, ad ogni modo, sei ufficialmente la prima persona con cui parlo a Singapore, a parte l'ufficiale di polizia dell'immigrazione. Che a pensarci bene mi ha solo fatto dei cenni. Quindi ti offro da bere!"

"Grazie!! Accetto volentieri!!"

Capii poco dopo il motivo del suo entusiasmo. Pensavo mi

ritenesse figo, in realtà era perché una semplice birra piccola a Singapore costava quasi dieci euro.

Conversammo del più e del meno. Era una persona davvero piacevole con cui parlare, ed anche molto curiosa sul mio conto, così le raccontai su per giù la mia storia. Lei seguì con interesse, senza mai sbilanciarsi sulle sue opinioni o lasciar trasparire qualcosa sul suo conto, ma non mi importava.

Volevo conoscerla a poco a poco e non volevo farmi influenzare dall'etichetta con la quale la nostra professione svolta ci classifica. Solitamente, è sempre una delle prime domande quando due persone si conoscono. Si tende ad identificare l'altro con la sua professione e darne un giudizio affrettato, quando magari, come me, non si sa nemmeno come ci si è finiti in determinati contesti, pur dovendo comunque tirare a campare; anche se scoprii poco dopo che non fosse decisamente il suo caso.

Jam era nata a Singapore, ma aveva origini filippino/cinesi. Era una tipetta sveglia, occhi a mandorla dallo sguardo vispo, carnagione scura, alta poco più di un metro e mezzo e con una corporatura decisamente minuta; aveva trentasette anni, ma ne dimostrava almeno dieci di meno.

"Wow che vita intensa! Mi ha fatto piacere conoscerti. Ora devo andare in un altro locale, ho un appuntamento importante. Vuoi venire anche tu?"

"Bè...Non ho impegni e sono in piena fase di jet-lag, quindi accetto volentieri, se non ti crea problemi"

"Ma che problemi. Vedrai che ti divertirai, c'è un evento speciale stasera, ma non ti anticipo niente!"

Già mi piaceva Singapore. Ero arrivato da poche ore ed ero già in giro per locali.

Finito il nostro drink, chiamò un taxi e mi portò nella vibrante area di Clark Quay, il centro della vita notturna della città.

Quando arrivammo, iniziarono tutti a salutarla per strada. Ero confuso.

"Sei popolare in questo quartiere!"

"Ahahah diciamo che sono di casa!"

Camminammo per una ventina di minuti lungo un canale illuminato colmo di battelli, in una via completamente addobbata di luci psichedeliche e locali affollati.

Ci fermammo al *"The Big Night"*, dove c'era una folla infinita all'ingresso. Ho sempre odiato il casino, in particolar modo nei locali.

"Sembra carino, ma non pensi ci sia un po' troppa gente? Pensavo ad una birretta tranquilla"

"Ahahah! Non preoccuparti, tu puoi passare con me, non devi stare in fila!"

Ero sempre più confuso e lei ne sembrava divertita.

"…Puoi spiegarmi…?"

"Sì, questo locale è mio e stasera suono qui con la mia band"

"Ah…interessante…!", fu l'unica stronzata che riuscii a dire, ancora meravigliato dall'intera situazione.

La sicurezza ci fece passare davanti e mi ritrovai nel retro del locale.

"Ok io vado a cambiarmi, aspettami al tavolo ventiquattro, è riservato per me. Ordina pure quello che vuoi."

Senza farmi troppe domande mi recai al tavolo ventiquattro e ordinai un paio di birre.

Una ventina di minuti dopo, la vidi uscire con un vestitino argenteo cortissimo e sbrilluccicante e dei tacchi di almeno quindici centimetri. Venne acclamata da un caloroso applauso da tutto il pubblico e poco dopo iniziò a cantare. La prima canzone era in cinese, ma potevo apprezzarne le doti canore, era veramente brava e piacevole da ascoltare.

Il suo mini-concerto proseguì per circa un'ora, mentre io continuavo a tracannare birra ed ero già un po' alticcio. Erano quasi le due di notte e la maggior parte dei presenti se n'era andata. D'un tratto, venne verso di me e mi trascinò sul palco.

"Grazie per essere venuti stasera! Concludiamo la serata con *"Wonderwall"* degli *Oasis*, in collaborazione con un ospite speciale che viene direttamente dall'Inghilterra!"

"...Sei pazza...?! Sono stonato come una campana!!"

"Aahahah stai tranquillo, siamo tra amici!!"

Imbarazzato e brillo, presi in mano il microfono ed iniziai a cantare con lei. O meglio a gridare nel microfono. Gridai così forte che tremarono i pavimenti, ma la poca clientela rimasta sembrava apprezzare, forse per compassione. Me ne fregai e decisi di divertirmi, riscuotendo anche un applauso finale, incluso quello di Jam.

Fu una serata epica ed era solo il mio primo giorno!

Ringraziai Jam e mi avviai ubriaco verso il mio albergo, situato nel quartiere di Tanjong Pagar, ad una mezzoretta a piedi da Clarke Quay.

In quel lasso di tempo iniziai a pensare a molte cose. Non avevo ancora ben realizzato dove mi trovassi e che cosa ci facessi lì dall'altra parte del mondo, ma in quel preciso istante ero felice, di me e della situazione in cui mi ero catapultato senza remore. Che poi il segreto è tutto qui, tanto banale quanto complesso da mettere in pratica, ce l'avranno detto e ripetuto milioni di volte: godersi e viversi il momento presente, il famoso *qui e ora*; per le migliaia di problemi e preoccupazioni che attanagliano continuamente il nostro cervello, ci sarà tempo domani.

Infatti, l'indomani si presentarono direttamente e letteralmente alla porta tutti i cazzi che non considerai minimamente la notte prima.

"Toc toc!"

'Uhm...conosco solo una persona in questo Paese, per giunta da nemmeno ventiquattrore e dubito che sia lei alla mia porta quindi...chi diavolo sarà...?'

Mi misi una maglietta e andai ad aprire. Era un uomo grosso e muscoloso, vestito in giacca e cravatta, con lo sguardo da pitbull e la faccia incazzata.

"...Desidera...?"

"Ciao Oliver. Il mio nome è Wesley e sono il tuo nuovo capo. Ho provato a chiamarti, ma il tuo cellulare è spento e volevo fare due chiacchiere con te."

Ma che diavolo voleva questo alle...Undici del mattino!? Dannazione, quelle tende oscuranti erano davvero efficaci.

"...Ah...piacere...!" Dovevo avere una faccia davvero rincoglionita.

"Sì, sì, vestiti, ti aspetto sotto al bar della hall."

Mi misi le prime cose che trovai e cercai di aggiustarmi i capelli, senza troppo successo e mi recai al piano di sotto.

Wesley era seduto sul divanetto con una tazza di caffè

americano fumante e lo stesso sguardo minaccioso di pochi minuti prima.

"Buongiorno di nuovo, mi dispiace per il ritardo. Tra la stanchezza per il volo ed il jet-lag non ho sentito la sveglia. Mi capita molto raramente."

"Benvenuto Oliver, ho notato che ti sei già ambientato bene", replicò sarcasticamente.

"In che senso?"

"Che cosa hai fatto ieri sera?"

"Mah…Niente di che…Sono uscito per una birretta e sono tornato in hotel…"

"Una birretta dici…"

"Uhm…sì…forse due…"

"Vedi, Singapore è una realtà molto più piccola rispetto alle grandi metropoli da cui proveniamo e quando c'è di mezzo una celebrità locale, le voci corrono velocissime."

Poi mi mostrò il suo cellulare, riproducendo il video di me che "canto" *Wonderwall* con una pinta in mano e in evidente stato di ebrezza.

"OH CAZZ...!!...Cioè...dannazione...! Mi dispiace, non sapevo nemmeno che Jam fosse così conosciuta, l'ho incontrata a Marina Bay"

"Già, lo so, Jam Wei è una cantante alquanto popolare a Singapore ed era venuta ad inaugurare il nostro nuovo locale. In quanto tu sei stato scelto e rappresenti uno dei pilastri della direzione del Marina Bay, sei pregato di mantenere un comportamento consono al tuo ruolo, per non arrecare un danno d'immagine alla compagnia più influente del Paese. Spero di essermi spiegato."

"Messaggio ricevuto."

"Bene. Fatti una doccia e raggiungimi, ti aspetto tra un'ora al Marina Bay per discutere sul da farsi insieme al resto del management."

Si alzò senza nemmeno guardarmi in faccia e se ne andò. Perfetto! Come al solito avevo fatto un'ottima prima impressione!

Mi sistemai per bene e mi diressi al Marina Bay. Era ancora

più immenso di come lo si potesse percepire da lontano.

Aveva almeno venti ingressi, divisi tra tre edifici comunicanti ed un infinito centro commerciale che si evolveva su quattro piani. Mi recai al piano terra, quello riservato agli impiegati. C'erano i tornelli e le guardie di sicurezza per entrare.

Avevo sentito che lì dentro ci lavoravano oltre quindicimila persone e probabilmente l'unico modo per mantenere l'ordine era avere regole e strutture ferree.

Mi persi almeno venti volte nei primi dieci minuti.

C'erano tre ristoranti dedicati solo allo staff, in cui erano presenti sei tavoli organizzati a buffet, dove era presente cibo di ogni tipo e di ogni cucina, da quella locale a quella occidentale, per finire con l'indiana, la vegana e l'*halal* per i musulmani, i quali avevano addirittura dei vassoi dedicati di colore diverso per non rischiare di "contaminare" le loro stoviglie con cibo "profano".

Lo staff, infatti, proveniva da ogni parte del mondo e si cercava in qualche modo di accontentare tutti.

Per fortuna incontrai Marvin, un simpatico pelatone ungherese sulla quarantina, il quale scoprii essere mio futuro collega, che mi fece da Cicerone, iniziando dagli spogliatoi.

Ce n'erano ben tre, enormi ed in condizioni impeccabili, con armadietti, panchine, docce e tutto il necessario. Vidi un paio di persone che dormivano sulle panche.

Lui mi spiegò che lì gli stipendi erano totalmente variabili e potevano differire di molto anche tra impiegati che ricoprivano il medesimo ruolo, a seconda del loro curriculum e di quanto venivano ritenuti utili dall'azienda.

"Quindi? Cosa c'entra?"

"Vedi, noi abbiamo fortuna che l'azienda ci paga la casa, ma la maggior parte qui sono impiegati semplici; molti di loro vengono dalla Malesia e non guadagnano abbastanza per permettersi una stanza a Singapore, quindi viaggiano tutti i giorni dalla città confinante più vicina, Johor Bahru. Tre ore di pullman ad andare, dodici ore di lavoro e altre tre ore per tornare a casa. A volte, alcuni non ce la fanno e si fermano a dormire qui."

Quella storia mi colpì molto, era pura follia. Anche se a pensarci bene, quando abitavo a Roma, ci mettevo quasi lo stesso tempo delle volte, senza però dover andare in un altro Paese.

Ci incamminammo poi verso il cinquantottesimo piano, dove avevamo appuntamento con Wesley e gli altri. Per arrivarci dovemmo prendere tre ascensori, ci mettemmo quasi dieci minuti. Arrivati in cima, potemmo ammirare uno spettacolo sensazionale: un'infinity pool che si estendeva per tutto il perimetro, con la vista di tutta Singapore da un lato e le luminarie del Garden Bay dall'altro, uno dei più estesi parchi naturali della città.

Ad attenderci, c'era tutta la squadra; solo per quel progetto, saremmo stati un centinaio di persone ed io facevo parte dei sei manager che lo dirigevano. Cercai di mantenere un atteggiamento serio e dignitoso, almeno all'inizio.

Wesley mi annunciò al team degli impiegati, che quando mi videro passare, abbassarono la testa e salutarono timidamente, quasi inchinandosi:

"Hello boss! Nice to meet you!"

"Grazie ragazzi, non c'è bisogno, su la testa e chiamatemi pure Oliver. Se avete bisogno di qualsiasi cosa, anche se pensiate sia stupida, sono sempre a vostra disposizione."

Sembrarono quasi sorpresi dal mio atteggiamento. Ed io ero sorpreso da un'accoglienza del genere. Notai anche uno sguardo di sufficienza nei miei confronti da parte di un paio di altri manager, specialmente di una biondina con la faccia da stronza.

Iniziammo una riunione preliminare, in cui discutemmo sulle strategie di mercato, sul concetto e sui tempi necessari. Due palle incredibili. Sono sempre stato una persona d'azione più che un pianificatore. Tanto, ogni volta che pianificavo qualcosa, poi la soluzione migliore mi si presentava sempre sul momento.

Uscii da lì dentro alle nove di sera ed era solo il primo giorno. Non avevo buone sensazioni a riguardo su quel mio nuovo impiego, né mi importava più di tanto di quello che stessi facendo.

Le mie sensazioni mi diedero ragione col passare dei giorni. Lavoravo dalla mattina presto a sera inoltrata e non mi rimaneva tempo per nient'altro, nemmeno per pensare.

Ero come in un limbo, una bolla apparentemente perfetta, in cui era tutto impeccabile, poiché progettato per esserlo, ma non c'era traccia di emozione alcuna.

La città stessa non trasmetteva alcuna vibrazione, negativa o positiva che fosse. Tutto era lindo, splendente e in ordine, non c'erano pazzi drogati che parlavano da soli o gridavano senza motivo, non c'erano né barboni per strada, né disoccupati.

Non era, in fondo, quello che avessi sempre sognato? Un posto civile, dove stare in pace? Forse. Eppure, continuavo a sentire che mancasse qualcosa dentro di me, che non riuscivo a spiegarmi.

Uscii con Marvin una sera, nel nostro unico giorno libero. Si presentò con una bottiglia di whiskey ed un pacco di ghiaccio, sulla panchina del giardino del mio condominio.

Sorrisi scorgendo la sua pelata in lontananza, sentii come una sensazione di casa. A me non fregava nulla di andare a bere cocktail raffinati in locali esclusivi, con musica a palla e la vista sulla città. Preferivo molto di più sedermi in un posto tranquillo con un buon amico, la bottiglia giusta, qualche sigaretta e una conversazione genuina.

"Marvin, tu che ci fai a Singapore?"

"E che ne so. Sono cresciuto in Ungheria, ma mio fratello è uno degli esponenti mafiosi più importanti di Budapest, così, per non entrarci, a sedici anni me ne sono andato, iniziando il mio viaggio in giro per il mondo. Ho vissuto in America, Canada, Messico, Inghilterra, Cipro, Malta, di nuovo Inghilterra e alla fine sono finito qui"

"Wow...e la tua famiglia?"

"Mia moglie ed i miei figli li ho lasciati a Manchester. Vediamo come si mettono le cose qui. Inoltre è pieno di belle ragazze, qui è un paradiso! Non c'è alcuna fretta!"

"Ahahah fai il bravo, che poi finisci in mutande sotto i ponti!"

Ci versammo un altro bicchiere di whiskey e gli raccontai un po' della mia vita.

"E tu Oliver, come ci sei finito qui?"

"Non lo so, sto iniziando a chiedermelo. Ho passato molti anni a Londra ed ero stanco e demotivato da quel tipo di vita. In realtà non so se questa sia migliore."

"Ti piace il tuo lavoro?"

"No. Non so nemmeno come ci sono capitato. Il problema è che non ho mai scelto. Ho preso quello che è arrivato e ne ho tirato fuori il meglio."

"Direi che forse hai colto nel segno. Hai mollato quello che ti piaceva perché dentro di te sentivi, forse, fosse troppo difficile da raggiungere o non ti sentivi all'altezza. Parlo per esperienza. Io volevo fare il pilota. Tra una scusa e l'altra che mi raccontavo, ho cominciato a lavorare nei ristoranti e oggi sono qui. Sono il migliore in quello che faccio, ma…ogni volta che alzo gli occhi e vedo un aereo, un po' di malinconia mi sale."

"Hai ragione. In realtà l'idea non l'ho mai abbandonata del tutto, solo accantonata temporaneamente e sono certo che verrà il momento giusto."

"E quale sarebbe il tuo obiettivo?"

"Voglio scrivere per guadagnarmi da vivere. Non ho mai smesso di farlo, anche in questi anni, né di provarci sottotraccia. Sono solo stanco di aspettare"

"Per quanto possa sembrare banale...Goditi il viaggio, senza essere impaziente. È la parte più bella, che ti darà una vita piena. Ogni momento della vita ti lascia qualcosa. Immagina quelli che fanno lo stesso lavoro per cinquant'anni e pensa a noi. E magari loro sono anche felici così, non c'è nulla di male. Ma pensa, quante vite abbiamo vissuto noi rispetto a loro? Se morissi domani, sarei comunque soddisfatto di quanto fatto. La mia vita è stata una grande avventura!"

"Se morissi domani, a quarant'anni? Dai va, passami un altro bicchiere Indiana Jones!"

"Ahaha che testa di cazzo! Sei diventato rigido ed insensibile anche tu! Non bere troppo che una fighetta come te poi collassa sulla panchina!"

Effettivamente cominciava a girarmi la testa. Lui tracannava whiskey come succo di frutta, era difficile stargli dietro.

Ci scolammo un altro bicchiere e terminammo la serata. Mi aveva davvero fatto piacere trascorrerla con lui ed in qualche modo aveva sedato parzialmente il mio senso di inquietudine. Alla fine siamo tutti nella stessa barca, c'è solo chi ci crede maggiormente, chi non ci ha creduto abbastanza e chi, per vari motivi, non ci crede più.

16.

Ero a Singapore ormai da due mesi, in cui avevo visto davvero poco oltre all'hotel in cui lavoravo ed al mio letto. Più l'hotel del mio letto.

Mi feci una doccia fredda per svegliarmi e mi incravattai per bene, pronto per un'altra giornata di passione nel caldo umido ed afoso della città. All'inizio sudavo anche da fermo, poi, dopo le prime settimane, mi abituai al clima tropicale.

Il mio nuovo appartamento era situato ad Outram Park, in un condominio al ventiduesimo piano, parte dello storico complesso di *Pearl Bank,* che si ergeva su una collinetta ed un vasto giardino in una delle zone più centrali della città. Avevo la fermata della metropolitana proprio sotto casa, il

Il Posto Più Bello Del Mondo

che voleva dire dieci minuti a piedi.

Tutto a Singapore era più grande, soprattutto più largo; quando vedevo qualcosa in lontananza, sembrava vicina, ma poi bisognava camminare almeno altri venti minuti per raggiungerla.

Il mio quartiere era praticamente attaccato a Chinatown, uno dei più tradizionali del luogo, ricco di templi, bancarelle che vendevano ogni tipo di oggetto mistico, ristoranti con varie specialità tipiche (tra cui il porridge di rana, che non ho mai avuto il coraggio di provare) e locali semi-privati in cui gli uomini potevano andare a giocare a biliardo e divertirsi con le ragazze la sera, almeno per sentito dire.

Ero in anticipo quella mattina, così mi recai al tempio induista, poco distante da lì e per la prima volta in vita mia, senza pensarci troppo, chiusi gli occhi ed iniziai a pregare l'elefante a quattro braccia che dominava la sala.

"Caro mega-elefante mistico, dammi un senso di direzione ed aiutami a trovare la retta via. Dammi una mano, tu che ne hai quattro! Amen."

Penso che fosse la preghiera più balorda che avesse mai sentito. Eppure, ripensandoci oggi, forse una mano me la diede davvero.

Poco dopo, andai a fare colazione in uno dei famosi *food courts*, i mercati del cibo in cui erano presenti molteplici banconi che servivano ognuno una specialità diversa, per quattro o cinque dollari, circa tre euro. Il menu della mia colazione era riso in bianco, tranci di anatra arrosto e salsa piccante, con caffè-latte dolciastro tiepido al latte di cocco.

Altro che cappuccino e croissant! Una botta allo stomaco che ti manda direttamente in bagno appena conclusa.

Dopo una sana colazione, giunsi al lavoro. Per prima cosa, mi assicurai che la reception e le aree pubbliche fossero in ordine, nonostante non avessi dubbi. Tutto girava alla perfezione al Marina Bay, come sempre, trottavano tutti come robottini.

Andai infine a controllare come procedesse l'apertura del ristorante all'ultimo piano. Il personale stava già assemblando il tutto. D'un tratto, una voce stridula e fastidiosa interruppe l'armonia.

"Che diavolo state facendo? È mezzora che siete su quei tavoli! Siete capaci di mettere due tovaglie in modo esaustivo? Vi serve la laurea? Siete un branco di idioti! Mi sa che qualcuno oggi resta a casa!!"

Era la biondina con la faccia da stronza, mi pare si chiamasse Laura. Era stata promossa a supervisore del ristorante, leccando culi a destra e a manca, e forse pure qualcos'altro.

Io rimanevo comunque uno dei responsabili dell'intero progetto e potevo decisamente avere voce in capitolo. Quei poveri camerieri, che a mio avviso davano sempre l'anima, furono intimoriti dalle sue parole ed iniziarono a correre su e giù con lo sguardo torvo ed intristito. Non ho mai sopportato chi se la prende con i più deboli, regalando insulti gratuiti ed abusando della propria posizione.

Era gente che, per quattro soldi, sudava sette camicie tutti i giorni, viaggiando sei ore e lavorandone dodici, per portare il pane a casa, generalmente con famiglie numerose a carico. E quella stava lì a gridar loro contro per due tovaglie, per enfatizzare la sua autorità e sentirsi qualcuno. Generalmente non mi piace darmi tante arie, ostentare il mio ruolo o fare delle scenate, ma quel giorno mi scattò qualcosa dentro, risvegliando il tamarro provinciale sopito che era in me:

"Eh bionda... Ascoltami bene... Non ti permettere mai più di rivolgerti così al mio staff. Stanno facendo un lavoro eccellente, siamo avanti col progetto e tu stai rovinando l'ambiente professionale, con dirette conseguenze nel servizio. La prossima volta che ti becco a relazionarti in quella maniera sarai tu a finire a casa, hai capito?"

Si voltò di sorpresa, sgranando gli occhi:

"...E tu che vuoi scusa? Questo è il mio dipartimento, quindi stai al tuo posto! So quello che faccio!"

Mi avvicinai lentamente a lei e la fissai dritta negli occhi:

"Forse non hai compreso bene. Io qui sono responsabile dell'andamento di tutti i dipartimenti del progetto e tu, con il tuo atteggiamento altezzoso e la tua inutile arroganza, stai influenzando negativamente l'andamento del ristorante, compromettendo l'umore del personale, il quale non si trova nella posizione ideale per poter fornire il servizio migliore ai clienti. Ma se preferisci possiamo discuterne al tavolo con

Wesley e la direttrice delle risorse umane, sono disponibile in ogni momento...E non azzardarti mai più a rispondere a me o a qualsiasi altro membro dello staff in questo modo. È il secondo avvertimento in meno di un minuto e anche l'ultimo. Sono stato abbastanza chiaro adesso?"

Mi fissò paonazza, deglutì il boccone e tornò al lavoro, con un tono di voce decisamente migliore. Ai camerieri, che avevano assistito alla scena, si erano illuminati i volti dalla soddisfazione. Qualcuno di loro mi aveva confidato che la cosa andava avanti da più di un mese e che stava trasformando il ristorante in un inferno, ma nessuno aveva avuto il coraggio di risponderle per paura di perdere il lavoro.

Ero appena diventato un dio ai loro occhi, ricolmi di gratitudine ed ammirazione. Mi uscì un mezzo sorriso compiaciuto, ricambiato da tutti. Erano quelli i momenti preferiti del mio lavoro. Venire apprezzato umanamente, per me valeva molto di più del rispetto dovuto dal titolo scritto sul cartellino.

E, ad ogni modo, quella stronza se l'era proprio meritato,

anche se sapevo di aver cominciato una guerra fredda.

Il giorno seguente avevo appuntamento con Wesley nel suo ufficio. Mentre camminavo per i corridoi, c'erano impiegati che mi scrutavano a testa bassa e manager che fingevano di non vedermi, voltando la testa dall'altra parte. Non me ne curai ed entrai.

"Oliver, ho sentito che ci sono state delle frizioni tra te e Laura davanti allo staff. Prima di prendere provvedimenti, vorrei conoscere la tua versione."

Gli raccontai i fatti per filo e per segno.

"Comprendo la bontà del tuo intento, tuttavia sono discussioni che non devono avvenire di fronte allo staff. Hai umiliato il loro supervisore, la quale ha perso credibilità."

"Dal mio punto di vista non ne ha mai avuta; se l'unico modo che un manager ha di farsi rispettare è quello di sottomettere ed abusare verbalmente il proprio staff, non è all'altezza del proprio compito e da questa posizione sono irremovibile. Come ho detto anche a lei, così facendo si compromette lo stato d'animo del personale e si danneggia solamente il livello del servizio."

"Apprezzo il tuo punto di vista, ad ogni modo, sei stato assunto per guidare il progetto per quanto riguarda il settore economico-organizzativo e non dal punto di vista operativo. Non voglio più vederti interagire con il ristorante, la reception, l'area pubblica e via dicendo. Se c'è qualche problema, vieni a riportarlo direttamente a me."

"Se questo è tutto ciò che sei in grado di dire, Wesley, non ho intenzione di lavorare per una persona che non conosce il rispetto della propria squadra. Noi, TU stesso, non siamo niente senza di loro. È un'ovvietà talmente banale che mai mi sarei immaginato di doverne discutere qui con te, direttore del Marina Bay di Singapore."

"Bene. Prendo atto della tua decisione. Solo un folle rinuncerebbe così facilmente ad una tale opportunità, ma sembra che tu abbia già fatto la tua scelta."

"È stato un piacere. Buona fortuna."

Riconsegnai le mie cose e me ne andai. Dopo appena due mesi, la mia avventura al Marina Bay si era già conclusa. Ero contento di averne fatto parte ed allo stesso tempo di essermene andato da quell'ambiente tossico e malsano.

Decisi di prendermi un po' di tempo per me. Del resto, erano anni che correvo senza mai fermarmi e avevo bisogno di una pausa.

Iniziai ad uscire tutte le sere con ragazze diverse. In Asia ero decisamente popolare, più di ogni altro posto in cui fossi stato.

Tra tutte, ce ne fu una che mi rimase particolarmente impressa nella memoria. Si chiamava Glynn, aveva tratti somatici tipicamente orientali, forme da sudamericana e qualche anno più di me. La incontrai in un bar sul fiume di Clark Quay. Suo marito era un uomo d'affari, spesso in giro per il mondo, quindi aveva molto tempo libero, come me.

Una sera ci ritrovammo sugli scogli della East Coast, una vasta distesa di spiaggia all'interno di un parco che si estendeva per una decina di chilometri, contornata dalle palme ed una pista ciclabile. Non era la spiaggia principale della città, molti preferivano andare sull'isola di Sentosa, dove ce n'era una creata artificialmente proprio per la balneazione ed i turisti.

Dopo aver passato la giornata al mare a sfondarci di birra, ci fermammo ad osservare quella parvenza di tramonto e rimanemmo soli sulla spiaggia.

C'erano almeno un centinaio di navi all'orizzonte ed una fioca sfumatura rosa che accompagnava il calar del sole. Si potevano scorgere anche le luci dell'isola di Batam, appartenente all'Indonesia. Mentre mi godevo il pittoresco scenario, Glynn mi salì in braccio ed iniziò a baciarmi delicatamente sul collo. Poi allargò le gambe, si spostò il costume ed iniziammo a farlo, mentre il sole calava e le onde ci cullavano.

Rischiavamo la galera, ma lì per lì il richiamo fu troppo forte. Fu decisamente memorabile.

Cenammo poco dopo in un food court nei dintorni, dove servivano solamente pesce fresco alla griglia e frutti di mare. Lei mi fissava compiaciuta mentre cercavo di spellare un gamberetto. Dovevo apparire molto simile a Mr Bean, ma non sembrava importarle. Né importava a me. Stavo bene insieme a lei, ma non ne ero coinvolto sentimentalmente. In fondo non lo ero mai stato di nessuna, anche se con lei c'era molta complicità.

Terminata la cena, in cui io non mangiai quasi niente a causa della difficoltà nel rimuovere le lische e spellare i crostacei, ci sedemmo sugli scogli e stappammo un'altra birra.

"Glynn, tu sei contenta della tua vita?"

"…Non me lo aveva mai chiesto nessuno…nemmeno io me l'ero mai chiesto. Non so dare una risposta precisa. Diciamo che è ok."

Io rimasi in silenzio e lei fece una pausa, fissando le navi all'orizzonte.

"Mi piacerebbe salpare su una di quelle navi e non tornare più"

"Quindi forse non ne sei così contenta"

"Forse no. Ma non sono tutti intraprendenti come te e tu non sei nessuno per giudicarmi. Io ho la mia vita, le mie cose, le mie certezze. Anch'io sognavo il principe azzurro ed una famiglia numerosa. Mi sono sposata a ventidue anni, abbagliata dall'amore apparente di mio marito che si prendeva cura di me. Venivo da una famiglia molto povera e mi è sembrata una salvezza, il tanto atteso riscatto sociale. E l'ho avuto. Così come un vuoto dentro che non se n'è mai andato, come invece ha fatto mio marito, che si fa vedere a casa due volte al mese per svuotarsi la valigia e ripartire. Tutti sognano una vita piena e felice, ma la verità è che arriva sempre il momento in cui bisogna distinguere il sogno dalla realtà e trarre il meglio dalla propria situazione."

Osservai il suo sguardo languido colmo di rassegnazione, di una donna che aveva ingoiato e represso i suoi sentimenti per tutta la sua vita, scorgendo nei suoi occhi quell'amore inespresso e genuino che tanto aveva sognato e non si era mai concretizzato.

La abbracciai senza risponderle nulla, anche perché non sapevo bene cosa dire. Era troppo intelligente per farsi confortare dalle solite frasi fatte.

"E tu Oliver, sei felice?"

"Sono felice di averti incontrata!"

"Ahahah non fare il cretino! Dimmi, tu con quel tuo sguardo fiero e orgoglioso, sei consapevole e soddisfatto di come stai conducendo la tua esistenza?"

"Non lo sono. Ma ci sto lavorando, non ho ancora mollato. E non dovresti farlo nemmeno tu."

"Ti sei mai innamorato?"

"Mai. Come potrei. La prima donna della mia vita mi ha abbandonato. Come riuscirei mai a fidarmi ancora di un'altra?"

"In che senso?"

"Mia madre se n'è andata quando avevo sette anni. Senza una spiegazione logica. Per quanto io ricordi, la amavo profondamente e mi ha lasciato lì da solo con mio padre. E non mi ha mai cercato dopo tutti questi anni. Mi è mancata ogni giorno della mia vita."

"Mi dispiace... Ma non puoi mai sapere cosa si nasconde davvero dietro alle cose. Ogni persona porta avanti la sua battaglia, di cui magari tu non hai idea. Hai mai provato a cercarla?"

"Ci ho riflettuto molte volte...E poi ho pensato che, a prescindere dal motivo, non esiste una buona ragione per abbandonare tuo figlio a sé stesso. Una parte di me vorrebbe rincontrarla per chiederle il perché di tutto ciò, ammesso che ce ne sia uno; un'altra parte non sarà mai pronta a farlo. Poi magari ora ha un'altra famiglia, altri figli più desiderati di me. Sono potenziali verità di cui non ho intenzione di venirne a conoscenza. Diciamo che è andata come è andata e va bene così."

Abbassò lo sguardo un po' rammaricata e poggiò la testa sulla mia spalla. Un altro sorso di birra e ci addormentammo.

17.

Trascorse un altro mese ed io ero ancora senza lavoro, nonostante continuassi ad inviare curriculum. Ero anche annoiato dalle mie superficiali serate quotidiane e piuttosto insofferente.

Una delle tante sere, mi recai in uno di quei locali semi-privati accennati in precedenza, proprio sotto casa. Appena entrato, vidi le luci al neon che risaltavano sulla pelata di Marvin. C'era una ragazza filippina, almeno vent'anni più giovane di lui, seduta sulle sue ginocchia, che lo imboccava di noccioline.

"Guardalo il maialone! Hai fame, povera bestiola?!"

"Ahahaha Oliver!!! Ti presento Mariel! È molto

simpatica...!"

"Lo vedo!"

"Allora che mi dici? Hai trovato lavoro?"

"Non ancora. Non sono molto convinto di restare a Singapore."

"Scusami dolcezza, vorrei fare due chiacchiere col mio amico, torno tra poco", disse Marvin alla ragazza, scostandosi ed avvicinandosi a me.

"Oliver...forse non è questione di dove sei o di dove vai...Forse è il momento di decidere che cosa vuoi fare della tua vita. Sei arrivato al top in quello che fai al momento, sei un numero uno; se non trovi lavoro è anche perché dentro di te non lo desideri così tanto. Se hai ancora la forza ed il coraggio di credere in quello che vuoi, se hai un obiettivo...vai dritto a quello. O ti ritroverai a quarant'anni come me, con una vita discreta, ma col rimpianto di come sarebbe stata se ci avessi provato sul serio."

Abbassai la testa e mi fermai a pensare. Aveva ragione. Non me ne importava nulla di gestire alberghi o tantomeno di essere un numero uno nel farlo. Era arrivata l'ora di cercare la mia vera strada, o perlomeno riprenderla dove l'avevo abbandonata, per paura o per necessità che fosse.

"Grazie Marvin, sei sempre illuminante. Ti lascio ai tuoi affari, sicuramente più interessanti!"

"Quando vuoi Oliver, è sempre un piacere! Ah, per favore, mandami il tuo curriculum quando arrivi a casa, ho perso il mio. Non sia mai che anch'io possa avere ancora una chance!"

"Grande! Sarà fatto!"

Dopo l'ennesima settimana passata ad inviare qualche curriculum senza troppa convinzione e senza risposta, decisi che era il momento di cambiare aria e riprendermi la mia vita in mano. In quei giorni, avevo ripensato a lungo alla conversazione con Marvin e mi ero convinto che avesse totalmente ragione. Sentivo di dover cambiare qualcosa, anche se non avevo ancora idea di che fare o come farlo.

Iniziai a spaziare in lungo e in largo su Google Maps per una ventina di minuti. Mi soffermai su un'immagine di una scogliera immersa nella vegetazione che si affacciava direttamente sull'oceano: era una foto dell'isola di Bali, in Indonesia, che distava appena due ore e mezza da Singapore.

Sembrava la destinazione perfetta. Cercavo un posto tranquillo ed economico dove schiarirmi le idee, un'illuminazione su come trovare un senso di direzione; e quale posto migliore se non la cosiddetta "isola degli dei"?

Non volevo attendere nemmeno un giorno in più. Impacchettai tutte le mie cose e chiamai un taxi, direzione aeroporto.

Iniziai a conversare con il tassista. Era un signore cinese, sulla sessantina, che mi raccontò di essersi stabilito a Singapore da qualche anno.

"Sai ragazzo, a Shanghai ero a capo di una grossa multinazionale. Guadagnavo un sacco di soldi, ma non ero felice. E non mi rendevo nemmeno conto di non esserlo, non avevo tempo di pensare! Lavoravo quattordici ore al giorno e nonostante possedessi ogni tipo di bene,

non avevo nulla in realtà. Ho buttato quarant'anni della mia vita dietro ai soldi, senza mai avere il tempo di godermeli. Poi mia moglie mi ha lasciato e si è presa tutto quello che avevo."

"Wow...dev'esser stata una bella botta"

"Lo è stata. Ma forse è anche l'unica cosa che mi ha salvato. Con quel che mi rimaneva, ho iniziato a viaggiare e godermi tutto quello che non avevo fatto fino ad allora. Ho incontrato una donna qui e mi sono risposato. È stato come rinascere, svegliarsi da un brutto sogno"

"Detto tra noi, da straniero a straniero...Sono a Singapore da tre mesi. Bella sì, tutto pulito, illuminato, perfetto. Ma non le sembra come una vita fittizia? È come se qualunque cosa qui vada sempre in un'unica direzione, nell'unica possibile, come se ogni storia avesse un finale già scritto. Cosa c'è di speciale in questa città?"

"Bè...Vedi ragazzo, molte volte dipende a che punto della tua vita ti ritrovi. Singapore è un ottimo posto per sistemarsi, stare tranquilli e proseguire la propria esistenza perseguendo i propri obbiettivi...Se ne si ha. Altrimenti rimane un posto sicuro e pulito in cui sopravvivere, nulla di speciale, senza troppi colpi di scena. Ma quello che la gente fatica a capire, è, soprattutto, che Singapore è tale per le persone che la abitano. Sono loro che la rendono quello che è, sotto ogni punto di vista. Forse non sei rimasto abbastanza a lungo da poterla apprezzare a fondo, ma sono certo che se un giorno tornassi qui, avrai modo di capire le mie parole."

Salutai il tassista ed entrai in aeroporto. Guardai il cellulare e vidi che era impostato su modalità aereo, probabilmente avevo premuto il tasto accidentalmente. Quando lo sbloccai, iniziai a ricevere a ripetizione una trentina di email e di notifiche di messaggi in segreteria.

La maggior parte erano inviati da vari hotel e recitavano un contenuto simile:

"Caro Oliver, abbiamo ricevuto il suo curriculum e saremmo interessati a discuterne personalmente con lei. La preghiamo di informarci quale data sarebbe più conveniente per organizzare un colloquio."

Non ci potevo credere. C'era anche un messaggio di Marvin:

'Chiamami, è urgente.'

Sapevo che a quell'ora dovevano ancora aprire il ristorante per la cena e lo videochiamai subito, per capire se ne sapeva qualcosa. Rispose, era proprio lì con il resto dello staff dietro.

"Pronto Marvin? Che diavolo è successo? Ho ricevuto almeno venti email in cui mi chiedono di fare un colloquio, da compagnie che non ho mai nemmeno contattato, non so se tu c'entri qualcosa, ma non mi viene in mente nessun altro...!"

"Ahahahahahahah! Io non ho fatto niente! Ho solo passato il tuo curriculum ai ragazzi qui dietro, che hanno mandato oltre trecento candidature a tuo nome, quando hanno sentito che volevi lasciare Singapore!"

Vidi sullo sfondo i volti sorridenti dei miei ex dipendenti che mi salutavano e mi chiedevano di restare. Mi commossi profondamente, non riuscivo a dire niente.

"...Non so come ringraziarvi! Siete fantastici!! Grazie di cuore!! Tornerò presto ad abbracciarvi!!"

"Allora che fai Oliver, parti davvero?!"

"…Si Marvin…Come hai detto tu, è ora di iniziare a dare un significato a quello che faccio, questa non è la mia vita. Mi sento patetico solo a dirlo e non so se ce la farò, ma devo provarci. Se fallisco, torno a servire ai tavoli insieme a te!"

"Bravo Oliver, hai tutto il nostro supporto! Ci mancherai! Fai buon viaggio e tienici aggiornati!"

"Arrivederci amici miei e grazie di tutto! Vi voglio bene!"

Prima di imbarcarmi sul volo, mi girai a dare un'ultima occhiata e mi tornarono in mente le parole del tassista, che riuscii finalmente a comprendere; aveva proprio ragione. Singapore è tale per le persone che la abitano.

18.

Due ore e mezza più tardi, atterrai all'aeroporto di Denpasar. Si respirava già un'aria più fresca rispetto al clima umido e torrido di Singapore.

Centinaia di tassisti all'uscita cercavano di accaparrarsi i turisti appena atterrati, aggredendoli a prima vista in un inglese più che maccheronico. Nonostante la calca, però, sembravano tutti molto rilassati e sorridenti e questo mi fece subito sentire a mio agio.

Salii sul taxi di Wayan, rigorosamente senza tassametro; una Toyota Corolla color rosso-ruggine del '99, così come doveva esserlo l'arbre magique taroccato a forma di betulla appeso sullo specchietto, dato l'odore di cadavere putrefatto presente al suo interno.

Cercai di non farci caso, osservando fuori dal finestrino una realtà sconosciuta e mai immaginata fino ad allora, fatta di palme, strani monumenti che si innalzavano agli angoli delle strade e nelle rotonde, raffiguranti curiose figure umanoidi, tra il divino ed il mitologico. E tanti motorini che sfrecciavano ovunque, a destra, sinistra, in obliquo, con sopra dai due ai cinque passeggeri. Una realtà decisamente più aperta rispetto alle regole ferree di Singapore, dove anche la gomma da masticare è illegale.

Arrivati a destinazione, il tassista mi aiutò a trasportare le valigie fin sotto casa, ringraziandomi quasi in maniera teatrale ed assicurandosi che qualcuno mi aprisse prima di ripartire. Avevo prenotato una villa nella zona di Ubud, immersa tra immense distese di risaie verdeggianti ed una fitta foresta, nota per la sua tranquillità, in cui molti turisti trovavano rifugio e rigenerazione dal caos della loro quotidianità.

Uno dei vantaggi di Bali è senza dubbio il costo della vita:

quella casa da sogno con vista e piscina privata mi costava soltanto dodici euro al giorno!

Mi accolse un'anziana signora locale che non parlava inglese, ma aveva un caloroso sorriso costantemente stampato in viso. Mi mostrò brevemente la casa ed i servizi che includeva. Era anche meglio delle mie aspettative. Finalmente, dopo anni vissuti in tuguri della peggior specie, potevo permettermi di vivere come una persona normale!

Il frigo era ben fornito di ogni tipo di bevanda. Mi stappai una birra e andai a sedermi sul terrazzo, che si affacciava sulla foresta. Finalmente ero in pace.

Ma si sa, la pace amplifica i pensieri e la birra pure. Negli ultimi anni avevo corso come un matto senza mai fermarmi, costantemente impegnato nel cercare di raggiungere una meta la quale, una volta conquistata, mi resi conto non avere alcuna valenza per me.

Ero stato con centinaia di persone, di ragazze ed amici occasionali, ma non ero mai stato con me stesso. Avevo costruito le mie sicurezze su ciò che era ben visto dagli altri, senza mai chiedermi se fosse davvero ciò che volessi, l'importante era arrivarci, poi si vedrà.

Ed eccomi lì. Avevo giusto passato i miei trent'anni ed appena intrapreso il mio primo passo verso il tanto banale concetto, diffuso e quotidianamente evocato, quanto segreto ed utopistico: la ricerca della mia felicità. Mi ero reso conto di aver vissuto una vita programmata, sebbene non priva di colpi di scena, ma probabilmente non la mia. Un attore passivo della propria esistenza, che ha subìto ciò che essa gli aveva riservato, pur sfruttando al massimo quei pochi mattoncini che si era trovato tra le mani, costruendo la sua capanna traballante, con crepe ovunque e pessime fondamenta, che rischiava di crollare alla prima scossa. Una maratona circolare anziché su un rettilineo, che non mi aveva portato al traguardo, ma solo sfinito, a furia di ricalcare lo stesso cerchio ormai impresso e scavato nella terra, sempre più profondo, fino a farne una trincea da dove non si vedeva più l'uscita.

Mi scattai un selfie con il cellulare ed esaminai a fondo quel volto. Ero proprio io quel tizio nello schermo? Non avrei saputo dirlo, perché non mi ero mai guardato a fondo. Non mi conoscevo per niente. Ero diventato abilissimo nel poter essere qualsiasi tipo di persona a seconda della situazione in cui mi fossi trovato, mantenendo qualche tratto distintivo della mia personalità, anch'essa costruita alla perfezione, in modo da poter essere apprezzato e riconosciuto, ma il vero Oliver non l'avevo mai incontrato.

Presi dunque una decisione: da quel momento in poi, a tempo indeterminato, avrei fatto solamente quello che mi rendeva felice. Niente più cazzate, sorrisi e frasi di circostanza, mosse intraprese perché *DOVEVO*: d'ora in avanti, avrei lasciato spazio solo a quello che *VOLEVO*.

Presi un foglio bianco e lo divisi in due: da una parte, iniziai a scrivere tutto ciò che avrei voluto eliminare dal mio quotidiano, tirandoci anche una bella riga spessa sopra e dall'altra, una lista, non importava quanto assurda, di tutte le cose che avrei voluto fare da quel momento in poi.

Dopo un'ora di scarabocchi ed altre due birre, la lista era stilata e ridotta a tre semplici voci:

_ VIAGGIARE IL PIÚ POSSIBILE: come e quando avessi voluto, senza restrizioni economiche o temporali. Andare ovunque avessi desiderato a seconda di come mi fossi svegliato quella mattina, come era stato per Bali: andare in aeroporto e salire sul primo aereo, e restarci fino a quando ne avessi avuto voglia.

_ RICOMINCIARE A SCRIVERE: in fondo è sempre stata la mia vera vocazione, nonostante abbia dovuto rinunciarci per seguire una strada socialmente più "giusta": era ora di riesumare quel ragazzino speranzoso che avevo seppellito per sopravvivere alla fine dello stage a Londra.

_ ESSERE LIBERO: mentalmente, finanziariamente. Dai dolori del mio passato e dalle preoccupazioni per il futuro. Non fare più nulla che non avessi "sentito dentro", col solo scopo di ottenere buoni risultati in situazioni utili soltanto alla carriera, al riconoscimento sociale o ad altri futili scopi, inutili alla mia realizzazione personale. Quest'ultimo punto mi sembrava quasi utopico anche mentre lo scrivevo, ma iniziò pian piano ad avere sempre più senso come linea guida per la strada che avevo scelto di percorrere. Sì, *scelto*: finalmente stavo cominciando a scegliere come avrei voluto impostare la mia esistenza invece di continuare a subirne gli eventi.

Rilessi la lista una decina di volte prima di addormentarmi. Sì, mi piaceva proprio! Strappai un pezzo di nastro adesivo e la attaccai vicino alla finestra della mia nuova casa con vista foresta, decisamente il posto perfetto, che sapeva di...libertà.

L'indomani mi svegliai all'alba. Nonostante mi fossi addormentato molto tardi la sera prima, mi sentivo pieno di energie. Presi lo scooter in dotazione, ovviamente non poteva che trattarsi di un Honda Bali, identico al mio mitico scooter di gioventù, e mi misi per strada, senza una meta precisa.

Attraversai tutta la foresta di Ubud, guidando verso nord per circa due ore. La strada era sempre più collinare, quasi montuosa ed il povero Honda Bali, già un po' malandato, arrancava in salita.

Ad un tratto, una famiglia di babbuini inferociti, chissà poi per cosa, sbucò dai lati della strada e cominciò ad inseguirmi, senza un valido motivo. Era la storia che si ripeteva, come quel cinghiale quindici anni prima: identico motorino sfiatato, tutto il gas aperto per una velocità massima di 35 chilometri orari, ma in un altro emisfero terrestre!

Riuscii a seminare i babbuini dopo un paio di curve (o meglio, si fermarono loro) ed iniziai a ridere di gusto, ripensando all'assurdità dell'analogia ed ai vecchi tempi andati. Mi piacque pensare che, probabilmente, anche mio padre se la stesse ridendo da qualche parte, osservando la scena.

Intanto proseguiva la salita. Non vi erano quasi più macchine in giro e mi ritrovai di fronte ad un panorama mozzafiato, con il vulcano Batur ed il suo lago a costeggiarlo, con una rigogliosa e verdeggiante vegetazione a contornare il tutto. Che spettacolo! Decisi di fermarmi per un po' su quell'altopiano. Non avevo nessuna fretta di correre da nessuna parte, né obblighi di nessun tipo. Potevo godermi il momento quanto mi pareva. Ed era una sensazione fantastica.

Mi rimisi per strada, continuando una salita sempre più imperiosa. La strada si era fatta sempre più ristretta e vi era la totale assenza di traffico; si potevano solo vedere alcune villette tradizionali sparse nella boscaglia, qualche gallina che attraversava la strada e alcuni uccelli colorati mai ammirati prima di allora.

E poi "BUM"! D'improvviso uno scoppio assordante e lo scooter si spense. Varie imprecazioni affiorarono nella mia mente. Presi il cellulare nella vaga speranza che ci fosse un meccanico o qualcosa di simile magari non troppo lontano da lì, ma ero talmente fuori dal mondo che non c'era neanche campo.

Come si dice, poi, piove sempre sul bagnato e mai frase fu più azzeccata: in pochi minuti, da un sole che spaccava le pietre, iniziò a venir giù una pioggia torrenziale, oserei quasi definirla una tipica tempesta tropicale.

Rimasi immobile per un paio di minuti, non ci potevo /

volevo credere e non sapevo se ridere o piangere. Parcheggiai lo scooter e mi riparai parzialmente sotto un albero. Sapevo che fosse sconsigliato, ma in fondo, pensai, dopo due sfighe così vicine tra loro, era statisticamente improbabile che venissi pure colpito da un fulmine, a meno che proprio non fosse destino, che in quel caso avrei accettato con buona pace dei sensi.

Rimasi sotto l'albero per un bel pezzo e, per quanto potesse riparare, dopo una ventina di minuti ero già bagnato fradicio. Iniziavo a chiedermi quando e come ne sarei uscito quella volta, quando un ragazzino, che avrà avuto più o meno tredici anni, uscì da una casetta qualche metro più in là. Mi guardò e mi fece cenno di raggiungerlo.

Ero un po' titubante, ma non avevo idee migliori al momento. Entrai in quella modesta villetta, un po' spoglia e molto ordinata, tipica dei villaggi balinesi, con delle statuette in pietra di qualche dio locale a me ignoto all'ingresso ed un'ampia tettoia in legno.

L'architettura balinese è molto particolare e si basa sul principio induista del *dharma:* ogni oggetto nell'universo è concepito per avere una propria posizione ideale, in cui deve rimanere allineato per poter raggiungere una completa armonia con l'universo. Effettivamente, se penso alle condizioni in cui generalmente riversava camera mia, forse si spiegava come la mia vita fosse sempre così incasinata.

In casa, vi era un'intera famiglia con altri due bambini, un'anziana signora ed una ragazza che presumevo fosse sua madre. Mi fissavano tutti incuriositi ed inizialmente mi sentii un po' a disagio, anche perché non dovevo certo apparire nelle mie migliori condizioni, con un paio di pantaloncini strappati e la maglietta totalmente inzuppata. Mi presentai e cercai di rompere il ghiaccio, ma nessuno di loro parlava inglese, né tantomeno l'italiano.

Ma in qualche modo ci intendevamo a gesti e sguardi. La donna più anziana mi sorrise e mi portò un asciugamano ed una tazza di tè, che accettai di buon grado. Nel mentre ci osservavamo, aspettando che passasse la pioggia mentre i bambini giocavano con delle macchinine. Penso fossero vent'anni che non ne vedevo, né tantomeno bambini giocarci; ma d'altronde, il segnale lassù non arrivava e la

Il Posto Più Bello Del Mondo

televisione non l'avevano. Era come se, in quel piccolo villaggio in cima alla collina, il tempo si fosse fermato.

Dopo una mezzoretta, entrò in casa un altro ragazzo, all'incirca sui ventisette anni. Mi guardò un po' sorpreso, finché la donna anziana gli spiegò (o almeno, così immaginai) la situazione.

"Piacere, mi chiamo Wayan! Benvenuto nella nostra casa!"

Wayan parlava inglese a differenza del resto della famiglia. Avevo incontrato due ragazzi da quando ero arrivato sull'isola ed entrambi si chiamavano Wayan.

Iniziammo a parlare per conoscerci meglio, mentre lui traduceva agli altri e mi spiegarono che a Bali vengono tradizionalmente usati gli stessi nomi, a seconda dell'ordine in cui nascono i figli: il primogenito viene chiamato, appunto, Wayan, il secondo Made, il terzo Nyoman ed il quarto Ketut; in caso di quinto figlio, si ricominciava il giro.

Mi raccontò di essere originario del luogo, ma cresciuto sull'isola di Java e di aver imparato l'inglese all'università di Giacarta, dove si era trasferito a vent'anni per studiare turismo. Ritornò poi a Bali per cercare lavoro in un hotel, dove conobbe sua moglie, seduta insieme agli altri ad osservare curiosa la nostra conversazione.

"Così giovane e già sposato?"

"Ahahah sì, da ben cinque anni! E loro sono i miei figli!"

Rimasi stupito. Mi spiegò come fosse normale dalle loro parti sposarsi molto giovani e costruirsi una famiglia, anche per necessità economiche. Wayan aveva lavorato in hotel per qualche tempo, poi aveva scelto di aiutare suo suocero con l'attività di famiglia quando questi iniziò ad avere problemi di salute e la portò avanti da solo quando venne a mancare. Aveva una bancarella in un mercatino di Buleleng, il centro abitato più vicino, dove vendeva capi di abbigliamento e magliette delle squadre di calcio. Quel giorno aveva dovuto chiudere tutto per l'improvvisa pioggia torrenziale.

"Non ce l'aspettavamo, in quest'area di Bali erano nove mesi che non pioveva!"

"Non avevo dubbi!", risposi tra le risate generali.

"Ma è positivo! Ai nostri raccolti serviva, ci hai portato fortuna!"

"Mi fa piacere!", risposi con sarcasmo, mentre continuavano a ridere.

Si era creata un'atmosfera complice e festosa, nonostante mi ritrovassi in una casa in mezzo al nulla dall'altra parte del mondo, a scherzare con perfetti sconosciuti che mi capivano a malapena.

"Wayan, quindi tu hai vissuto nella città, in mezzo alla tecnologia ed hai provato tutti i comfort moderni che ne derivano. Non ti manca qualcosa qui? Come fai a vivere quassù, senza internet e televisione?"

"Oliver...", sorrise "Spesso mi pongo la stessa domanda all'inverso...Come fate voi a vivere in un luogo costantemente sovraffollato, dove non si respira aria buona, sono tutti nervosi, stanchi ed infelici, milioni di persone concentrate in unico posto che però si rinchiudono nella solitudine del loro piccolo schermo, in una casa minuscola che finiranno di pagare dopo quarant'anni di un lavoro che non vorrebbero fare? Io qui ho tutto quello che mi serve per essere felice...il mio orto, le galline che fanno le uova, una risaia qui vicino, i vestiti all'ingrosso, buona compagnia, aria pulita…ed anche la serie A al bar del paese!"

"La serie A?"

"Certo, la serie A di calcio! Qui amiamo la Serie A italiana, vado sempre a guardarla con gli amici! Chi è il tuo giocatore preferito?"

"Incredibile, non l'avrei mai immaginato! Bè…A prescindere dalla squadra, Cristiano Ronaldo fa cose straordinarie, mi piace molto vederlo giocare!"

"È anche il mio preferito! Aspetta un secondo…"

Prese il borsone con cui era rientrato e ne tirò fuori una maglia di Ronaldo.

"Provala! Non puoi restare bagnato"

"Wow grazie, è bellissima!"

Gli chiesi quanto costasse, ma non volle accettare soldi da me.

"Sei nostro ospite, questo è un nostro ricordo. Tienilo con cura!"

"Lo farò, promesso!"

Finalmente la pioggia era cessata. Come per incanto, il cielo tornò limpido, con il tiepido sole delle quattro che riscaldava ancora la pelle. Ora avevo il problema di come ripartire.

'Chissà se funziona anche con questo', pensai. Mi avvicinai al mio inerme Honda Bali e, memore di una simile esperienza precedente, provai a farlo ripartire con la pedalina laterale. Uno, due, tre…dieci…Finalmente si riaccese! Il povero cinquantino ultraventennale era solo molto provato, ma ancora in vita.

Ringraziai Wayan e la sua famiglia per la loro premurosa ospitalità e mi rimisi in strada. In una ventina di minuti mi ritrovai sulla costa di Lovina, all'estremo nord dell'isola, una delle zone meno turistiche. Mi sedetti in un warung, (tipico bar/ristorante locale, molto modesto ed incredibilmente economico) letteralmente affacciato sul mare a bere un caffè, assaporandone ogni momento. Stetti lì a pensare, osservare, sognare per un paio d'ore, mentre il sole calava, regalandomi uno dei più bei tramonti mai osservati.

Che giornata meravigliosa. Momenti di felicità vera. Di pura vita.

19.

Una brezza leggera mi accarezzava il volto, mentre mi godevo il suono delle onde del mare infrangersi sulla spiaggia di Echo Beach in compagnia di una Corona su un divanetto del bar.

Erano già trascorsi due mesi da quando ero arrivato a Bali.

Non avevo ancora deciso che cosa fare della mia vita, ma intanto stavo applicando alla lettera le tre linee guida che mi ero auto-imposto, cercando di vivere appieno ogni singola giornata a seconda di cosa mi andasse di fare. Avevo girato in lungo e in largo per l'isola, senza mai avere una meta fissa, talvolta ritrovandomi di fronte a bellezze inaspettate o zone totalmente inesplorate, sempre in compagnia del mio cinquantino scassato, ma duro a morire.

Avevo visitato il tempio induista di Uluwatu, uno tra i più affascinanti ed antichi dell'isola, che si ergeva su una scogliera altissima con vista sull'oceano, dove si respirava un'atmosfera mistica e si godeva di un panorama mozzafiato; la spiaggia di Kuta, sovraffollata di locali notturni e surfisti australiani, e quella di Sanur, più pulita e lontana dai turisti, con il mare piatto, noci di cocco da cui poter bere e dei chioschetti dove mangiare filetti di tonno e salmone appena pescati; la terrazza di Tegallalang, una collina composta interamente da strati di risaie e contornata dalla giungla che offriva uno scenario unico al mondo.

Stanco di vivere come un eremita tra la giungla e la foresta (così come degli insetti), ero pronto a ricongiungermi con la civiltà, così decisi di spostarmi verso il mare, vicino alla zona di Canggu, più viva e vibrante rispetto ad Ubud e domicilio di molti nomadi digitali provenienti da ogni parte del mondo. Era un concetto che mi aveva sempre affascinato e che volevo approfondire: lavorare in remoto, da qualsiasi parte del mondo e in qualsiasi momento, a patto di disporre di un pc portatile ed una connessione internet.

Incontravo molti di loro nei coffee shop di Canggu e scambiavo spesso due chiacchiere, per cercare di carpirne i segreti.

Anche perché, nonostante Bali fosse molto economica, i miei risparmi cominciavano ad assottigliarsi e non avevo alcuna intenzione di tornare a lavorare negli hotel.

Il problema era che molti di questi lavori richiedessero delle competenze specifiche, come ingegnere informatico o web designer, oppure che ci volesse troppo tempo prima di ottenere dei guadagni soddisfacenti, come per la creazione di un blog o lo scrittore di contenuti web; inoltre, non avevo la minima esperienza nel settore.

Un giorno, dopo aver ordinato il mio solito espresso doppio nell'unica caffetteria della zona che avevo trovato in grado di preparare un caffè bevibile, conobbi John, un simpatico australiano sulla cinquantina che si occupava di consulenze legali e finanziarie online.

Era una persona molto solare, rilassata e allo stesso tempo

sicura di sé. Dopo i soliti convenevoli, gli chiesi di raccontarmi la sua storia.

"Lavoravo in uno studio legale a Sydney, entravo in ufficio alle sette del mattino e uscivo alle otto di sera, andando a devastarmi di birra per anestetizzare il cervello e reprimere la mia insoddisfazione. Non prendevo nemmeno in considerazione l'idea di cambiare, anzi, mi spaventava da morire e l'avevo ben nascosta in qualche angolo disperso della mia mente; avevo studiato tutta una vita per arrivare dov'ero, con una posizione di prestigio dove guadagnavo un sacco di soldi. Quale folle avrebbe gettato tutto al vento così? Odiavo ogni secondo di quella vita che facevo, ma mi ero convinto che quella fosse l'unica strada, perché così fan tutti: bisogna soffrire per sopravvivere, per valere, ottenere qualcosa ed essere apprezzati. Poi una sera ricevetti un messaggio da un mio amico e collega, si chiamava Henry, avevamo cominciato a lavorare per lo studio nello stesso momento e lavoravamo insieme da più di vent'anni. Mi disse che gli avevano diagnosticato un tumore e pochi mesi di vita. Ovviamente ne rimasi scioccato e ancor di più dalla sua scomparsa appena due mesi dopo. Lì mi scattò qualcosa in testa. E se al posto di Henry fosse toccato a me? La mia vita sarebbe stata tutta lì, rinchiuso tra quattro mura a stressarmi l'esistenza ed alcolizzarmi per non pensarci, mentre scambiavo la mia vita con dei numeri sul mio conto corrente. Pensa che vita patetica e insignificante sarebbe stata? Non era certo quella la fine che volevo fare. Il povero Henry mi ha fatto promettere, prima di andarsene com'era venuto, di non fare le sue stesse cazzate. Così mi sono licenziato e con i risparmi che avevo, ho aperto un'agenzia online di consulenze legali, accessibile a tutti anche in termini di prezzo; lavoro quanto voglio, quando voglio e faccio del bene agli altri. E, pensa un po', guadagno anche più di prima!"

La sua storia mi aveva appesantito ed illuminato allo stesso tempo.

"È una bella storia e non potresti trovarmi più d'accordo. Ma non credi che se tutti facessero così, non avremmo nemmeno più i beni di prima necessità?"

"Non credo proprio... Ne avremmo sicuramente di meno,

adeguati al nostro reale bisogno, così come credo che il mondo andrebbe molto più lentamente. E forse ricominceremmo tutti a soffermarci su quanto valore possano avere le cose più semplici e naturali, come una passeggiata in riva al mare, una cena in più con tuo padre o un caffè con un amico, anziché pensare ad accrescere il fatturato di qualcun altro che potrebbe già far vivere di rendita le sue future otto generazioni!"

"Hai proprio ragione! Ti ringrazio, mi ha fatto molto piacere parlare con te. E sinceramente sono molto attratto dal tuo stile di vita, ma non so da dove cominciare, né ho particolari competenze. Cosa mi consiglieresti?"

"Bè...non ti conosco abbastanza da poterti suggerire cosa potresti svolgere di preciso. Quello che posso consigliarti è di focalizzarti sulle tue conoscenze e competenze, pensando in maniera differente, immaginando in che modo potresti utilizzarle. E non venirmi a dire che non sai fare niente, tutti quanti sanno fare bene almeno una cosa nella loro vita.

La vedi quella ragazza seduta laggiù che beve la Coca? Si chiama Amanda, ci ho parlato due o tre volte, vive nei dintorni anche lei. È un totale disastro in tutto, dalla A alla Z. MA...sa fare bene i pompini! E pensa un po', ha un canale YouTube dove insegna a farli in modo poco esplicito. Si paga da vivere SOLO con quello!

Ora, lei è un caso estremo, ma tu, per esempio, conosci già due lingue giusto? Mentre ricerchi, studi e ti prepari, potrebbe essere una valida opzione per mantenerti; con tre lezioni da un'ora al giorno, ti sei già pagato la giornata a Bali!"

Non mi sembrava affatto una cattiva idea. Salutai John e mi incamminai verso casa. Appena rientrato, mi sedetti sul balcone ed iniziai a smanettare sul mio laptop, ricercando i siti migliori per insegnare le lingue online. Presi i primi cinque e mi iscrissi a tutti quanti.

Come presentazione, creai un video con l'oceano sullo sfondo, sfoderando il mio miglior sorriso.

Un'ora dopo averlo postato sui miei profili, ricevetti oltre una decina di richieste. Stava funzionando! Il mio primo passo verso l'indipendenza economica cominciava da lì.

Dopo una settimana avevo già dei "clienti" fissi, quattro cinesi, due russi ed una tailandese; cinque persone per imparare l'inglese e due l'italiano. All'inizio fu più dura del previsto, non avendo mai insegnato nulla in generale, figuriamoci una lingua a gente che non ti capisce nemmeno; "compravo" la maggior parte dei miei studenti con la simpatia e la gentilezza.

Poi man mano mi organizzai, stilando una lista delle lezioni con i vari livelli e compiti a casa. Guadagnavo all'incirca centoventi dollari alla settimana, lavorando tre-quattro ore al giorno.

Una volta ottenute un buon numero di recensioni positive, ricevetti sempre più richieste e riuscii ad aumentare il mio compenso a ben quindici dollari l'ora.

Dopo appena tre settimane percepivo ormai intorno ai 300 dollari a settimana, che per vivere a Bali erano sufficienti per l'affitto di un mese, lavorando una media di tre ore al giorno, per poi prendermi tutto il resto della giornata per me. Non era certo un punto d'arrivo, ma una piccola mini-svolta che mi permetteva di guadagnare più tempo per capire in che direzione avessi voluto andare, continuando ad essere libero da ogni vincolo.

Ero felice di questo piccolo risultato e quella sera decisi di andare a festeggiare.

Presi lo scooter mi misi in strada, come sempre, senza una meta precisa. Mi ritrovai in un piccolo locale con la luce soffusa, decorato da lanterne colorate, nascosto a pochi metri dalla foresta; era un jazz bar che suonava musica dal vivo e decisi di entrare per un bicchiere o due.

I musicisti ed i cantanti erano incredibilmente talentuosi e si respirava una bella atmosfera. Io me ne stavo seduto al bancone a finire il terzo bicchiere di whiskey, quando notai lei seduta a pochi metri. Tratti orientali marcati, pelle bianchissima, liscia e perfetta, capelli lunghi sciolti che le coprivano la schiena e sguardo assorto. Era la ragazza più bella che avessi mai visto in vita mia. Normalmente le sarei andato vicino ed avrei attaccato bottone con una delle mie stupide cazzate di repertorio, ma la sua bellezza mi intimidiva e rimasi impietrito su quello sgabello.

Lei si accorse che la stavo guardando. I nostri sguardi si incrociarono per tre lunghissimi secondi, in cui avevo già intrapreso un viaggio mentale su di lei vestita da sposa, sul nome dei nostri figli e quello del cane.

Girai lo sguardo dall'altra parte per non sembrare troppo invadente e mi fermai a pensare al modo meno stupido in cui avrei potuto presentarmi. Alla fine decisi di improvvisare, come avevo sempre fatto. Mi girai di nuovo, deciso ad avvicinarmi e il suo sgabello era improvvisamente vuoto.

Se n'era andata.

Una serie di ingiurie variegate mi riecheggiarono nel cervello. Forse era ancora nei paraggi. Iniziai a guardarmi intorno, in ogni angolo del locale. Niente, non c'era traccia di lei.

Uscii sconsolato a fumare e la vidi, mentre aspettava in piedi a pochi metri da me.

'Bene, è la mia occasione!', pensai. Mi tornarono alla mente le parole di un mio vecchio professore del liceo, in cui spiegava che uno sconosciuto si faceva un'idea generale di noi nei primi sette secondi.

Mi avvicinai con foga, incespicando nella piccola palma situata all'uscita del locale, sradicandola dal vaso e finendo per terra come un tonno. Ottima prima impressione.

"Oddio ti sei fatto male?"

Venne verso di me e mi aiutò a rialzarmi.

"Sì, penso di essere grave, non credo passerò la notte"

Mi guardò sgranando gli occhi per qualche secondo, prima di capire la battuta. Poi scoppiammo entrambi a ridere.

"Aspetti qualcuno?"

"Ho chiamato un taxi, ma credo si sia perso"

"Capita spesso, molte strade qui non hanno nemmeno un nome! Comunque se vuoi posso darti un passaggio io..."

"Wow, non sei uno che perde tempo! Comunque sei molto gentile, ma non accetto passaggi dagli sconosciuti."

"Va bene. Allora mi presento, mi chiamo Oliver"

"Io sono Ryn"

"Bene! Ora che ci siamo conosciuti, possiamo andare?"

"Ahahah! Ora che conosco il tuo nome sì che mi posso

fidare!"

"Eh ma se ti dico tutto subito non c'è gusto"

"Hai ragione! Facciamo così, se indovini da dove vengo ci penso su"

"Cina? Giappone? Hong Kong?"

"No"

"Un indizio?"

"Uhm...mangio tanto kimchi"

"E che diavolo è?"

Rise. Mentre cercavo cosa fosse il kimchi sul cellulare, il suo taxi arrivò.

"Mi ha fatto piacere conoscerti Oliver. Ci vediamo in giro!"

"Aspetta! Corea del Sud!"

Mi sorrise e mi fece l'occhiolino dal finestrino, per poi sparire alla prima curva pochi metri più in là. Mi sentii abbastanza coglione. Al posto di cercare cosa fosse il kimchi avrei potuto chiederle il numero. Avessi poi scoperto chissà quale prelibatezza, erano foglie di cavolo fermentate in salsa piccante.

Pensai a lei tutta la sera. Avevamo chiacchierato del nulla per appena un paio di minuti, eppure era stato speciale; c'era un'inspiegabile complicità nei nostri sguardi. O magari mi stavo solo facendo un film. Chissà che cosa avesse pensato? Forse se n'era già dimenticata. Avrei voluto uscire e andare da lei, ma non sapevo nient'altro che il suo nome e che mangiava kimchi.

Tornai allo stesso locale la sera dopo, ma non venne. Perlustrai le spiagge della zona vicina nei giorni seguenti, ma non c'era traccia di lei. Che peccato. Ma in fondo non sapevo assolutamente nulla di lei, magari aveva già anche un ragazzo ad aspettarla a casa. Cercavo di trovarmi tutte le scuse possibili per smettere di pensarla. In fondo non era normale dopo due minuti di conversazione rimanerci sotto a quel modo.

'Dai Oliver, che cazzo stai facendo, resta concentrato sui tuoi progetti. Ora che stai andando bene, non distrarti con una donna', continuai a ripetermi, tentando di automotivarmi.

Così decisi di concentrarmi sul da farsi e mi chiusi in casa per un paio di settimane. Continuavo a guadagnare insegnando inglese ed italiano online e nel mentre studiavo web marketing e web designing. In pochi giorni ero riuscito a costruire il mio primo sito web, il quale decisi sarebbe diventato una sorta di giornale online e diario di bordo. Non il solito blog di viaggi, doveva essere qualcosa di unico e ricercato.

Iniziai a scrivere un articolo al giorno, sugli argomenti più svariati ed improbabili, proponendo notizie secondarie che nessuno menzionava nelle testate più blasonate. Ad esempio, il primo articolo lo scrissi su un tizio che diede del sonnifero ad un bambino casinista sull'aereo; venne ripostato più volte sui vari social media, facendo brevemente il giro della rete, con mia grande sorpresa.

Sapevo che la strada era ancora molto lunga prima di affermarsi, ma lo facevo senza pressione, né aspettative, per il solo gusto di scrivere e creare qualcosa di mio.

Quando iniziai ad avere i primi cento visitatori, fu una

soddisfazione enorme. Non ci guadagnavo ancora nulla, ma in qualche modo uno dei miei sogni stava prendendo forma.

Mi girava tutto piuttosto bene, finalmente. Essendo diventato un "insegnante top" sulle varie applicazioni, ottenevo più richieste di quante me ne servissero per tirare avanti e di quanto mi andasse di lavorare, così avevo iniziato a selezionare gli studenti.

Avevo sempre i miei fedelissimi, scartavo quelli che proprio non ce la potevano fare e ogni tanto prendevo in carica qualche nuova entrata, per conoscere gente nuova.

Quel giorno aprii il mio profilo per vedere le richieste giornaliere e rimasi di stucco:

"RYN!!"

Non credevo ai miei occhi. Controllai il suo profilo più volte per essere certo che fosse proprio lei. Non avevo dubbi, il viso angelico nella foto profilo era lo stesso che mi aveva catturato all'istante in quel locale.

Il suo messaggio recitava:

'Hello Oliver! Studio italiano, puoi aiutarmi?'

Wow. Mi si disegnò in volto un sorriso grande come una casa. Le risposi subito. O quasi, dopo aver riformulato il messaggio una decina di volte. Alla fine optai per un sobrio e semplice:

"Ciao Ryn! Che bello risentirti. Sei ancora a Bali? Mi farebbe molto piacere aiutarti con l'italiano. Quando sei disponibile per la prima lezione?"

Controllavo la mia casella di posta elettronica ogni cinque minuti aspettando una sua risposta. Dopo un paio d'ore iniziai a pensare di essere stato troppo invadente e altre varie seghe mentali di circostanza, quando ecco vibrare il cellulare con la notifica:

"Non pensavo ti ricordassi di me! Purtroppo sono dovuta partire per lavoro il giorno dopo, ora mi trovo a Sydney per un paio di mesi. Vorrei fare un corso intensivo, se per te va bene. Sono libera tutte le sere alle sei. Fammi sapere! Ryn."

Sydney. Avevo sempre voluto visitare l'Australia, ma non

avevo mai avuto una buona ragione per farlo. Quella sembrava folle abbastanza. Partire per un altro continente alla volta di una sconosciuta incontrata due minuti fuori da un jazz bar. Perché no! In fondo era sul punto uno della mia lista!

Iniziai a ricercare il visto su internet ed inoltrai il modulo online.

'Tempo del processo fino a 36-48 ore'. Che palle. Qualche minuto dopo, ricevetti una mail: 'Visto accettato' E vai! Ebbi immediatamente modo di constatare l'efficienza australiana.

Senza pensarci due volte, acquistai il biglietto più economico. Distava "appena" sette ore d'aereo da Bali ed era bassa stagione. Preparai la valigia sognante ed un po' malinconico, con sullo sfondo il rosso-arancio intenso del mio ultimo tramonto balinese e, prima di mettermi a letto, scrissi l'ultimo messaggio a Ryn:

"A parte domani sera, alle sei va bene. Però, se ti va, dovrei arrivare a Sydney in tempo per un drink, verso le otto. Ci vediamo davanti all'Opera House?"

'Bene, ora mi blocca', pensai. Effettivamente avrei anche

potuto mandarglielo prima di comprare il biglietto, ma pazienza, al massimo avrei visto un posto nuovo.

"Wow anche tu qui? Comunque alle otto non posso…"

'Ecco. Bravo coglione.'

"Facciamo alle nove. A domani!"

20.

Il volo per Sydney era ad un orario che avrebbe dovuto essere illegale: alle sei del mattino precise.

Avrò dormito un'ora in tutta la nottata, tra il mio stato di eccitazione e la consapevolezza della follia del mio gesto che iniziava a concretizzarsi. Ma una volta passate tutte le varie trafile e seduto sull'aereo (e soprattutto dopo il mio espresso doppio), mi tornò il buon umore.

Ed eccoci qui, da dove siamo partiti. Sette ore e due film degli Avengers dopo, eccomi atterrato in Oceania. C'era un bel sole ed il cielo limpido, come quello italiano in un giorno di primavera inoltrata. Chissà come se la passavano Alberto ed Elisa laggiù.

Dopo un attimo di nostalgia, andai a prendere la metro verso il centro della città. Era la linea verde, molto pulita e ordinata, con vagoni a due piani e poltroncine reclinabili a seconda del senso di direzione del treno. Ho sempre pensato che i trasporti pubblici raccontassero molto del proprio luogo e Sydney mi fece subito una buona impressione.

Scesi alla fermata di Ashfield, dove avevo prenotato una stanza in un appartamento su AirBnB, una delle più economiche in zona, al prezzo di due notti in villa a Bali; lì il costo della vita era decisamente superiore. Mi ritrovai in una sorta di Chinatown, dove la lingua inglese era quella secondaria.

La padrona di casa mi aveva lasciato le istruzioni per recuperare le chiavi e fare il check in da solo. Una volta entrato nell'appartamento, mi misi le mani nei capelli. Non ero mai stato troppo schizzinoso e avevo vissuto in bettole minuscole e becere nei peggiori sobborghi londinesi, ma quello le batteva tutte: c'era roba sparsa ovunque, pentole nel lavello incrostate da settimane, un pianoforte rotto nel mezzo del corridoio con impilati una serie di oggetti impolverati non identificati, scarafaggi che si davano il cinque ed un immancabile stronzo fresco che sporgeva dal gabinetto.

Provai a contattare più volte la padrona di casa, che non rispose. Erano già le sette e mezza di sera e non avevo tempo per cercare un'alternativa, dovevo prepararmi per incontrare Ryn. Decisi che avrei chiuso gli occhi per una notte ed il giorno seguente avrei cercato una sistemazione alternativa, al momento c'erano cose più importanti a cui pensare.

Mi feci una doccia con le ciabatte ed indossai la mia camicia migliore. Mi inondai di profumo, in caso l'aroma casalingo avesse impregnato i miei vestiti ed uscii da quel porcile.

Sbucai dalla metro proprio davanti al molo ed era ancora più suggestivo di come avessi immaginato. L'Opera House si affacciava risplendendo sul mare circostante ed i lampioni illuminavano la strada che la precedeva, tra gabbiani, turisti incuriositi ed artisti di strada che giocavano col fuoco, letteralmente.

Ero in orario perfetto; alle nove precise mi trovavo di fronte all'entrata principale. Le avevo dato appuntamento lì perché era anche l'unico posto che conoscessi a Sydney.

Dopo venti minuti non si era ancora fatta vedere. Mi sedetti su una panchina a fumare una sigaretta, mentre ripensavo all'assurdità della circostanza in cui mi ero addentrato. Ed iniziai a sorridere. Quanti l'avrebbero fatto? Avevo seguito ciò che mi diceva lo stomaco invece del cervello e mi trovavo in una delle città più belle ed ambite del mondo, inseguendo una sconosciuta, che forse non sarebbe nemmeno arrivata. Era una sensazione stupenda!

Passarono altri venti minuti e di Ryn non c'era traccia. Non avevo nemmeno il suo numero, che non le avevo chiesto per paura di essere invadente. Non certo una scelta furba, ma sicuramente discreta. Dopo la terza sigaretta mi alzai in piedi e mi rassegnai sul fatto che non sarebbe venuta.

Sapevo che non avrei dovuto aspettarmi nulla, ma in fondo ci speravo; fui pervaso da un velo di tristezza mentre fissavo l'ultimo traghetto rientrare sul molo.

Non mi ero mai fidato di nessuna, chissà che cosa mi avesse convinto a farlo proprio quella volta.

Un'ultima occhiata all'Opera House per sicurezza e mi incamminai verso la metro. Era stato comunque un bel viaggio mentale, che mi aveva portato alla scoperta dell'Australia. Mentre, immerso nei miei pensieri, mi accingevo sconfortato a salire gli scalini della metro, mi parve di sentire una voce familiare.

"OLIVER!!"

Mi voltai...RYN! Era davvero lei, con un vestito nero attillato che le copriva i fianchi, labbra rosso lucido ed un paio di scarpe aperte argentate e luccicanti col tacco alto, più bella che mai. Ero visibilmente sorpreso e non sapevo cosa dire. Il mio umore cupo era mutato improvvisamente.

"Perdonami, ho avuto una cena di lavoro più lunga del previsto e non sapevo come avvisarti"

"Non c'è problema. Hai reso la scena ancora più drammatica e perfetta!"

"Ahahah! Non immaginavo di rivederti, né tantomeno qui! Che cosa ci fai a Sydney?"

"Me lo chiedevo anch'io fino a qualche minuto fa!

Comunque andiamo, ti racconto tutto dopo."

Entrammo al bar dell'Opera House. C'era una luce soffusa ed un'atmosfera coinvolgente, con i tavolini illuminati dalle candele ed una vista spettacolare sull'oceano.

Le raccontai un po' di me, delle mie avventure passate e recenti. Lei ascoltò in silenzio interessata, senza proferire parola. I suoi occhi avevano un taglio esotico e perfetto ed il suo sguardo era intenso e caloroso.

Non ero ancora riuscito ad inquadrarla e morivo dalla voglia di sapere di lei.

"Ora che ti ho raccontato la storia della mia vita, dimmi tu chi sei. Non mi interessa particolarmente il tuo lavoro, quanto sapere chi è Ryn."

"Bene, ti accontenterò. La mia vita è probabilmente molto più noiosa della tua. Sono cresciuta nella città di Busan, la seconda più grande in Corea del Sud dopo Seul. Ho studiato fino alla nausea per far felice mio padre ed iniziare a lavorare in un'azienda di cui non mi importa nulla, ma che almeno mi permette di viaggiare spesso e vedere tanti posti diversi. In realtà sono appassionata di arte e fotografia, anche se non ho quasi mai tempo per dedicarmici come vorrei. Ti invidio molto per la vita che fai e la sogno da sempre, ma non ho mai avuto il coraggio di buttare tutto al vento."

"All'inizio non è facile. Devi arrivare al punto in cui ti rendi conto che, in fondo, l'unica cosa che hai da perdere è il resto della tua vita infelice. Una volta che ho realizzato questo, mollare tutto e ricominciare da capo è stato più naturale."

"Vorrei avere la tua spensieratezza e determinazione. Comunque non mi hai ancora detto che cosa ci fai a Sydney"

"Ci tengo alla buona riuscita dei miei studenti, quindi li seguo da vicino!"

"Ahahah! Un insegnante davvero premuroso!"

Me la cavai con quella battuta e non fece più domande a riguardo. Non potevo dirle che ero lì solo per incontrarla, mi avrebbe preso per pazzo o per stalker.

"Tu invece quanto ti fermi qui?"

"Non lo so ancora di preciso. Abbiamo appena iniziato un

nuovo progetto di diffusione del marchio e servizi in Australia, questo è quello che faccio. Promuovo la compagnia ed il suo sviluppo in vari Paesi. Penso che, visto l'andazzo, mi ci vorranno due o tre mesi per lanciarlo qui."

"Fantastico. E perché vuoi imparare l'italiano?"

"La mia compagnia ha l'ufficio principale in Italia, per quanto riguarda il mercato europeo, così mi trovo spesso lì e sono stanca di fare la figura dell'idiota col traduttore ogni qual volta c'è un meeting generale. Nelle riunioni si parla in inglese, ma la direttrice è una signora anziana che non lo parla molto bene e si creano spesso problemi di comunicazione".

"Capisco. Non preoccuparti, lo prendo come impegno personale, al prossimo meeting aziendale farai un figurone!"

"Ahah! Ci conto!"

Continuammo a parlare del più e del meno, fino a quando i camerieri non ci chiusero il locale. La accompagnai fino alla fermata dei taxi.

"Mi sembra di averla già vissuta questa scena"

"È vero. Peccato tu sia a piedi, questa volta forse un passaggio l'avrei accettato. Ora sei ufficialmente uno sconosciuto di cui mi fido un po'!"

"Ne sono onorato! È stato bello rivederti Ryn. Allora…ci sentiamo domani per la prima lezione!"

"Certamente! Ha fatto piacere anche a me. Buonanotte Oliver!"

Normalmente le avrei chiesto di venire a finire la serata da me, ma con lei non ne avevo il coraggio. E non avevo nemmeno un posto decoroso in cui portarla.

Si erano fatte le due ed io stavo crollando dal sonno. In mezzora di autobus riuscii a tornare ad Ashfield. Rientrando verso la caverna degli orrori, feci in tempo ad incrociare un paio di bestiole locali. Attraversando un viale alberato, avvertii come un veloce battito d'ali. Guardai in alto ma non vidi nulla. Pochi secondi dopo, ebbi la medesima sensazione. Ancora niente.

"Attento ai BATMAN amico! Se ti prendono ti devi buttare nell'oceano!", esclamò un senzatetto ubriaco seduto sul marciapiede. Neanche il tempo di guardare in alto e vidi uno di questi pipistrelli giganti sganciare la bomba. In mezzo secondo mi ritrovai con i pantaloni cagati e le scarpe ricoperte di merda.

Scoprii in seguito che si trattassero di "*flying foxes*", volpi volanti; avevano le sembianze di pipistrelli giganti e misuravano circa mezzo metro.

"Ahahah!! Te l'avevo detto amico!! Sono dei fottuti cecchini!"

Fantastico. Mi affrettai a rientrare nel mio appartamento prima che la cagata si asciugasse.

Nemmeno le luci funzionavano bene, sembrava la casa di un film di Dario Argento.

Ero talmente stanco che non avevo nemmeno la forza di pensare a dove mi trovassi, volevo solo dormire; faceva molto caldo, così mi tolsi i vestiti, li sciacquai in una bacinella e mi misi a letto. Quando stavo per chiudere gli occhi, iniziai a sentire dei rumori dalla stanza a fianco. Voci di un uomo ed una donna che parlavano in cinese.

Mi resi conto che, in realtà, quell'appartamento aveva

originariamente una sola stanza da letto, a cui era stato aggiunto un separé di compensato nel mezzo, probabilmente incollato col nastro biadesivo, per dividere la stanza e crearne un'altra. Bussai sul muro finto e smisero di parlare per una decina di minuti. Ero nuovamente sul punto di addormentarmi e iniziai a sentire gemiti sempre più forti e frequenti.

'Vabbè, lasciamo loro questo momento di gloria, finiranno prima o poi.' E invece il tizio ci dava giù pesante, la donna continuava a strillare sempre più forte, finché non iniziò addirittura a battere sul muro. Confuso, accesi la luce per capire cosa stesse succedendo, giusto in tempo per vedere il separé venire giù sul pavimento, schiacciando anche una blatta di cinque centimetri che zampettava allegramente per la stanza, ignara della sua fine imminente. La scena che avevo di fronte era degna di una gang-bang: io nudo sul letto, lei, una balena messa a novanta e lui con quel cazzetto all'aria che mi fissava sbigottito. Ci guardammo tutti e tre per qualche secondo senza aprir bocca, finché lui se ne uscì con un sobrissimo "Sorry!", e, senza batter ciglio, prese in mano il muro di compensato, lo rimise a posto...e continuò a darci giù per un'altra mezzora!

Scarafaggi rampanti, mega-pipistrelli caganti e cinesi infoiati; Il mio viaggio in Australia cominciò così.

21.

Il giorno seguente, appena sveglio, scappai da quella topaia. Disponevo ancora dello sconto dipendenti della mia precedente catena di hotel di lusso dove avevo lavorato a Londra; in qualche modo si dimenticarono di rimuovere i miei dati. Normalmente non ne avrei approfittato, ma era una questione di necessità, dati i prezzi folli di Sydney. E poi dopo una notte passata lì dentro, me lo meritavo.

Riuscii a prenotare una settimana in uno dei più lussuosi alberghi della città, pagando solamente trenta euro a notte, con la colazione inclusa.

Mi recai immediatamente a fare il check in. Era situato in una delle zone più centrali della città, a pochi passi dalla fermata di Town Hall, nella via principale, dove era presente ogni tipo di negozio e catena di ristorazione.

Arrivato alla reception, mi misi in coda, mentre una signora americana si lamentava, sbraitando ed insultando drammaticamente il tapino di turno, per via di un canale satellitare che non si vedeva bene. Risi. Quanto non mi mancavano quelle assurdità e frustrazioni quotidiane. Chissà che vita insulsa doveva aver avuto quella donna per creare un teatrino del genere nonostante una motivazione così effimera.

Mi assegnarono una camera al dodicesimo piano con vista sulla città, con un letto ed una televisione enormi, tavolino da aperitivo e vasca da bagno. Decisamente meglio della mia stanza precedente. Mi feci subito un bagno per disinfettarmi da ogni possibile contaminazione batteriologica dell'appartamento degli zozzoni e mi misi al lavoro per un paio d'ore, tenendo un paio di videolezioni e pubblicando un articolo sul mio giornale online, per poi uscire ad esplorare la città.

Molti quartieri avevano nomi identici a quelli londinesi:

Waterloo, Kensington, Paddington, King's cross... Sydney aveva senza dubbio un tocco decisamente anglosassone nella sua struttura socio-culturale ed architettonica, che ne raccontava le chiare origini britanniche, nonostante un clima decisamente più piacevole.

Decisi di cominciare dalla spiaggia di Coogee. Era strano per me passare dai grattacieli del centro ad una spiaggia di sabbia bianca che dava sull'oceano e ne rimasi piacevolmente colpito. Percorrendo il lungomare, si arrivava ad un sentiero circondato di alberi e piante esotiche che portava ad un parco naturale protetto ed aperto a tutti allo stesso tempo: circa tre chilometri di passeggiata sulle scogliere immerse nel verde che si affacciavano sul Mar di Tasman e regalavano un panorama unico ed armonioso.

Quella vista riuscì a fermare i miei pensieri per un istante. Non avevo ancora un programma ben definito in mente, ma anche solo quel momento era valso il prezzo del biglietto.

Stetti una mezzora ad osservare il paesaggio incontaminato e mi rimisi in marcia, camminando per altri cinque chilometri, fino a ritrovarmi alla spiaggia di Sydney per eccellenza, la famosa Bondi Beach. Era molto simile a Coogee, solo molto più grande ed incasinata, con un enorme spazio verde antecedente alla spiaggia e con molta più gente e confusione.

Decisi in breve di recarmi altrove. Ero molto curioso di vedere un koala da vicino, così andai a prendere l'autobus per raggiungere la riserva naturale più vicina, che distava un'ora e venti minuti da lì. Il nome era, appunto, Koala Park, un po' pretenzioso pensandoci ora, visto che erano presenti centinaia di strani animali di cui nemmeno conoscevo l'esistenza e solo due koala in tutto il parco; ma ne valse comunque la pena. La felicità nel tenere tra le braccia uno di quegli "orsacchiotti coccolosi" è indescrivibile, genera una tenerezza ed una gioia incontrollabili.

Ebbi anche la fortuna di poter giocare con i canguri; sicuramente animali interessanti, nonostante ogni tanto inizino a prenderti a pugni a due zampe senza un valido motivo.

Persi un po' la concezione del tempo e quando guardai

l'orologio erano già le cinque. Mi affrettai a tornare in hotel, avevo la prima video-lezione con Ryn alle sei. Mi pettinai e vestii quasi a festa, con la giacca e camicia bianca sbottonata. Mi sentivo un po' ridicolo, ma in fondo, perché no. Accesi il pc e puntuale Ryn mi chiamò. Era bellissima come al solito, con i capelli slegati perfettamente lisci e lucenti che nascondevano il suo viso candido e sorridente.

"Buonasera! Stai andando ad una festa?"

"No, sono un insegnante top. La presentazione è importante!"

"Ahahahah! Che servizio impeccabile! Molto bene, cominciamo professor Oliver!"

Iniziammo a conversare del più e del meno con naturalezza. Scoprii che aveva la mia stessa età e che le piacevano molto la pizza ed i tramonti. Il suo livello di italiano era già ottimo e aveva un accento asiatico che la rendeva ancora più adorabile. Quando pronunciava una frase particolarmente difficile sorridevo e lei lo notò.

"Ride di me professore?"

"Ahah no, sei molto carina quando parli italiano"

"Questo servizio è meno professionale di quanto mi aspettassi, lo sa?!", disse arrossendo e sorridendo al tempo stesso.

"Forse potrei farmi perdonare con una pizza con vista sul tramonto"

"Questo è ancora meno professionale professore"

"Assolutamente no, è un premio per la sua dedizione"

"Ahahah! Lei è davvero un insegnante top!"

In quel momento le squillò il telefono. Guardando lo schermo, farfugliò qualcosa tipo *abeoji*.

"Scusami Oliver, devo rispondere a questa chiamata. Ci sentiamo."

E chiuse la videochiamata. Maledetto *abeoji*, chiunque fosse stato. Avrei tanto voluto sapere chi diavolo l'avesse chiamata. Forse un'amica. O peggio, il ragazzo. Non mi aveva mai attraversato prima d'ora l'idea che ci fosse qualcuno nella sua vita, ma lì per lì mi sembrò assurdo il contrario. Come poteva una ragazza così bella, intelligente e solare non essere impegnata? Forse non avevo voluto pensarci prima perché avrei odiato l'idea che fosse stata di qualcun altro. Era entrata in pochi istanti nei miei sogni più reconditi, che si stavano sgretolando altrettanto velocemente.

Provai a non pensarci, in fondo non erano altro che supposizioni negative del mio immaginario ed uscii per andare a cena. La porta della camera di fronte alla mia si aprì nello stesso istante e...c'era Ryn. Ci guardammo sorpresi per qualche istante e scoppiammo a ridere.

"Giuro che non sono uno stalker!"

"Ahah l'evidenza suggerisce il contrario! Cosa ci fai qui?"

"Alloggio qui, sono arrivato stamattina. Dove vai di bello?"

"Mi è venuta fame dopo la nostra intensa lezione"

"Se vuole, il mio invito è sempre valido signorina Ryn"

"Uhm...d'accordo professore, ma il posto oggi lo scelgo io!"

Mi portò in una pizzeria italiana al porto turistico di Darling Harbour, che mi ricordava vagamente il quartiere di Marina

Bay a Singapore; c'erano svariati hotel, pub, ristoranti, la ruota panoramica, qualche imbarcazione ed una vista sui grattacieli della città, divisi da una conca d'acqua nel mezzo. Le luci del tramonto e quelle artificiali dei vari grattacieli creavano un'atmosfera perfetta.

Ordinammo le nostre pizze ed un paio di birre. Cercai di non soffermarmi sulla sua scelta della pizza hawaiana con fette di ananas e prosciutto.

Finita la prima pinta, trovai il coraggio di chiederle chi fosse questo abouji.

"Ahahah sei geloso?"

"Potrebbe essere"

"Ahahahah! È l'unico uomo della mia vita"

Cazzo. Lo sapevo. Pensa che cretino, tutto sto casino ed è già impegnata.

"*Abouji*...Significa padre nella mia lingua"

"Ah...! E che ne sapevo, sai, mi preoccupo per i miei studenti!"

Ne fui visibilmente sollevato e lei se ne accorse, facendo

finta di niente.

"Tu piuttosto, riservi questo trattamento a tutte le tue studentesse?"

"Assolutamente no, soltanto alle più meritevoli. Anzi, ho cominciato il programma di fidelizzazione a premi da pochissimo, tu sei la prima!"

"Ahahah voglio crederci!"

Terminammo la nostra cena e mi portò sul ponte che si elevava sulla marina. Erano le nove di un sabato sera qualunque, ma c'era molta gente riunita lì ad aspettare, ma ancora non sapevo che cosa.

"Mi ricordo che ti piacciono le luci colorate e le cose luccicanti in generale, così ti ho fatto una sorpresa!"

Dopo qualche secondo, un frastuono improvviso nel cielo mi fece sobbalzare ed iniziò una serie di fuochi d'artificio che illuminarono il cielo sopra Darling Harbour. Ne fui davvero stupito ed impressionato, anche per il fatto che si ricordasse di quell'effimero dettaglio rivelato senza pretese.

"Belli vero?"

"Meravigliosi! Ma cosa si festeggia?"

"Niente, li fanno ogni sabato sera alle nove. Ma è la prima volta che li vedo, le altre volte che sono venuta a Sydney non avevo nessuno con cui andarci. Sono contenta che tu sia qui."

La guardai negli occhi sorridendo. Il cuore mi batteva a mille. Le presi il viso tra le mani e la baciai. In quel momento era tutto magicamente perfetto, come la scena di un film.

Finiti i fuochi d'artificio, ci incamminammo verso l'hotel. Arrivati davanti alle nostre stanze, ci guardammo un po' imbarazzati.

"Casa mia o casa tua?", ironizzai speranzoso.

"Ahahah non ci pensare nemmeno! Comunque la ringrazio della cena e della sua piacevole compagnia professor Oliver, sono stata molto bene stasera. Buonanotte."

Mi baciò di nuovo ed entrò in camera sua.

Stava succedendo davvero. Ero al settimo cielo. Mi misi sul letto ad osservare i grattacieli illuminati dalla mia finestra. Non riuscivo a pensare a nient'altro se non a quello che era appena successo, rivivendo continuamente quelle scene nella mia mente e sorridendo come un ebete.

Dopo una buona mezzora di auto-contemplazione, mi vibrò il cellulare. Aprii il messaggio.

"Dormi?"

"No..."

"Neanch'io ci riesco. Vieni a farmi compagnia?"

Bussai alla sua porta e mi ritrovai nella suite presidenziale, con tre camere da letto, due bagni, soggiorno, vasca ad idromassaggio con televisioni ovunque, perfino nella doccia.

"Wow...La tua compagnia ti tratta bene!"

"Conosco il manager dell'albergo e sono una cliente fissa, così mi ha fatto un upgrade. Ma è troppo grande per me, è sprecata. Puoi stare qui se vuoi, scegliti una camera".

"Posso stare in quella?"

"Quella è la mia"

"Appunto"

"Ahahah! Va bene, stanotte puoi stare qui con me."

Ci sdraiammo sul letto abbracciati, guardando la città dal punto più alto, con un po' di jazz in sottofondo, fino ad addormentarci. Non dormivo così bene da tempo immemore. O forse non avevo mai dormito così bene come quella notte.

Ci svegliammo presto, ancora abbracciati come ci eravamo addormentati e andammo a fare colazione in un bar di fronte all'oceano. Ryn era radiosa in volto ed i suoi occhi a mandorla sprizzavano una gioia contagiosa.

Passeggiammo sulla riva per una quindicina di minuti, tenendoci per mano, riscaldati dai primi raggi del sole.

Poi prendemmo il traghetto per Manly, un tranquillo sobborgo a nord di Sydney dove anche le spiagge erano più nascoste e meno affollate. Camminammo per una ventina di minuti su un sentiero avvolto dalle piante, ritrovandoci su una spiaggia quasi deserta che sbucava direttamente dalla boscaglia e decidemmo di fermarci lì.

"Allora, raccontami, com'è la tua vita a Busan?"

"Frenetica e stressante. A volte devo lavorare anche la domenica. I miei amici del liceo non li vedo da una vita. Le uniche persone che frequento sono i miei colleghi. Sai, in Corea anche una volta finita la giornata, si va molto spesso a cenare o bere con tutto il team di lavoro, per continuare a parlare di come stanno andando i vari progetti."

"Terribile...! Come riesci a sopportare una situazione del genere?"

Il suo volto s'incupì, ed abbassò gli occhi sulla sabbia.

"In Corea è normale. Studiamo fino alla nausea fin da quando siamo bambini, per poter primeggiare ed assicurarci un giorno un lavoro in una grande compagnia, che garantisce il massimo prestigio sociale. Dal momento in cui si entra in una di esse, la propria vita non esiste quasi più, appartiene a loro, fino alla pensione. Se si è fortunati, si può riposare nel weekend ogni tanto e durante le festività, ma non è garantito. Si hanno, per legge, due settimane di vacanza all'anno, ma è quasi impossibile riuscire ad ottenerne anche una sola di fila. Il lavoro che si svolge in Corea rappresenta tutta la propria vita."

"È pura follia. Immagino non sia facile per te rendertene conto e continuare nonostante tutto."

"Non lo è. Ma cerco di godermi ogni momento al di fuori della solita routine. Io comunque, rispetto a molta gente, sono una privilegiata!"

"In che senso?"

"Andiamo a fare il bagno dai!"

Si alzò di scatto e corse verso la riva. Chissà cosa avesse voluto dire.

Ci tuffammo in acqua e tornammo a ridere di qualsiasi idiozia ci venisse in mente. Mi fermai un secondo ad ammirare la bellezza del suo volto sorridente e spensierato. Erano giorni meravigliosi, che non avrei mai vissuto se non avessi avuto il coraggio di lasciarmi alle spalle le mie poche certezze per tuffarmi nel vuoto più assoluto.

Verso le cinque, ci rivestimmo e tornammo in hotel a prendere un caffè. Dopo un'ora, le venne fame di nuovo.

Pesava appena cinquanta chili e mangiava in continuazione, non riuscivo a capacitarmene.

"Va bene se questa sera mangiamo in camera? Sono stanca e domani mattina mi devo alzare presto."

"E che problema c'è, camera tua è grande quanto un ristorante locale a Bali!"

"Ahah perfetto!"

Aveva scovato un ristorante in città che preparava pizze extra large e ce ne facemmo recapitare due; erano talmente grandi che non riuscii nemmeno a finire la mia, ma ovviamente ci pensò lei.

Mi sedetti sul divano a digerire e lei tirò fuori un'altra scatola dal frigo.

"Hai ancora fame?!"

"No, questa è una sorpresa per te!"

Dentro al pacchetto c'era una torta con il mio nome sopra.

"Buon compleanno caro Oliver!"

Diamine, era il mio compleanno e me n'ero completamente scordato.

"Ma...Come facevi a saperlo...?!"

"È scritto sul tuo profilo, proprio sotto la tua foto. Mi ha colpito appunto perché cadeva in questi giorni!"

Ero esterrefatto, confuso e commosso. Non me lo sarei mai aspettato.

"Non so cosa dire...Sei semplicemente fantastica! Grazie di cuore! Sei il più bel regalo di compleanno che potessi desiderare."

Mi sorrise e l'abbracciai stretta a me.

"I tuoi regali non sono ancora finiti!"

Si tolse la vestaglia e mi trascinò sul letto, togliendomi i vestiti ed iniziando a baciarmi su tutto il corpo. La sua pelle era soffice e vellutata e profumava di zucchero a velo.

Salì sopra di me, spostandosi le mutandine ed iniziammo a fare l'amore. Poi ancora e ancora, fino a quando, stremati, non ci addormentammo in un unico abbraccio.

I miei trentadue anni cominciarono alla grande. Era l'anno della svolta, che sarebbe stata molto più grande di ciò che immaginassi.

22.

La mattina seguente mi svegliai tardi, con un biglietto di fianco al cuscino:

"Buongiorno Oliver! Dormivi così bene che non ho voluto svegliarti. Vado al lavoro, ci vediamo per cena. Baci, Ryn."

Passai la giornata a godermi le comodità della suite. Ogni tanto ci voleva. Ryn tornò a casa verso le sette, scura in volto.

"Cosa c'è?"

"Domani mattina devo essere in Corea, mi hanno richiamato per un lavoro urgente. Ho il volo che parte tra quattro ore."

Accusai quelle parole come un pugno nello stomaco. Non

sapevo bene che cosa dire. Fino a pochi minuti prima ero sulla luna e mi ritrovai di colpo sotto terra.

"Ma...ci siamo appena conosciuti...non puoi già andar via. Sono venuto qui solo per incontrarti ancora..."

"Dici davvero...?"

"Mai stato più serio. Ero consapevole della follia del mio gesto, ma ho scelto comunque di venire. Non chiedermi perché, ma sentivo qualcosa dentro, volevo darci una possibilità"

"È la cosa più romantica che qualcuno abbia mai fatto per me. Purtroppo però non posso rifiutarmi. E c'è un'altra cosa di cui devo parlarti."

Si interruppe un attimo, distogliendo lo sguardo e abbassando gli occhi.

"Quindi?"

"Tra di noi è stato tutto così magico e naturale da farmi dimenticare per un attimo la realtà da cui vengo. Sono la figlia del presidente della Kaiwon. È una multinazionale che produce software e programmi specializzati ed ha molta rilevanza politica nel mio Paese. Mio padre ha un accordo con il presidente di un'altra grande compagnia per un imminente fusione. E suo figlio è il mio fidanzato, anche se non ci vediamo quasi mai. Capisci che non posso permettermi di mandare tutto all'aria?"

Kaiwon. Quel nome non mi era nuovo, ma in quel momento non riuscii a collegare dove l'avessi sentito.

Rimasi visibilmente scosso e deluso dalle sue parole. Non volevo crederci. Era successo tutto così in fretta e quell'attimo di felicità si stava già dissolvendo come era arrivato.

"Quindi fammi capire bene...Io ero solamente una distrazione, un passatempo o cos'altro?"

"Non lo so...Non eri previsto. Sei entrato all'improvviso nella mia vita, che è totalmente programmata da qui ai prossimi vent'anni, senza nemmeno lasciarmi il tempo di accorgermene. Mi hai fatto sentire come se ti importasse davvero di me e di come stavo, come se riuscissi a leggermi nel profondo. Non ti importava nemmeno che lavoro facessi, che è ciò per cui la maggior parte delle persone si avvicinano a me; ti interessava solo stare con me. Mai nessuno mi aveva trattata in questo modo e fatto sentire speciale, per com'è Ryn e non perché sono la figlia del presidente Sung."

"Mi viene difficile accettare tutto questo. Ed emotivamente non voglio crederci. Tuttavia, dal punto di vista prettamente logico, capisco la situazione. Ed eviterò scene patetiche in cui ti imploro di restare o provo a convincerti a rimanere, perché so che, anche con delle valide motivazioni, non lo faresti."

"È proprio quello di cui parlo. Per questo è così difficile lasciarti andare. Sono stata felice in questi giorni insieme, come mai nella mia vita. Grazie di tutto Oliver."

Preparò frettolosamente la sua valigia e, rivolgendomi un ultimo sguardo colmo di tristezza e dispiacere che riempivano i suoi piccoli occhietti a mandorla che tanto mi piacevano, chiuse la porta alle sue spalle.

Io rimasi in silenzio, lì seduto sul divano della suite presidenziale, con lo sguardo perso nel vuoto, a cercare di capire come e perché, o più semplicemente, a cercare di accettare la realtà, quel sogno meraviglioso divenuto improvvisamente un brutto incubo da cui non riuscivo a svegliarmi.

È sempre dura lasciare andare ciò che, anche per poco, ti aveva reso felice, in particolar modo se non lo eri mai stato prima. No, questa volta non mi sarebbe passata con un paio di birre ed una nuova amichetta di passaggio; l'avrei tenuta dentro per un po'.

Mi versai un bicchiere di whiskey e guardando il tramonto brindai a lei, alle emozioni che mi aveva regalato in così poco tempo, ma così scolpite nel mio cuore; a lei, che per un secondo, mi aveva accarezzato l'anima e mi aveva insegnato cosa volesse dire amare una donna.

Non mi importava nemmeno che avesse un altro, anzi le ero grato per tutto quello che mi aveva permesso di vivere.

Trascorsi quattro ore su quel divano. Non avevo nemmeno cenato e la bottiglia di whiskey era finita. Diedi un ultimo sguardo al cielo illuminato di Sydney, scorgendo un aereo in lontananza che prendeva il largo. Chissà se fosse proprio il suo. Bevvi l'ultimo sorso ed iniziai a piangere. Andai nella nostra camera da letto e respirai il suo cuscino a pieni polmoni, assaporando quel profumo di zucchero a velo un'ultima volta.

Mi sentivo davvero patetico ed impotente. Rubai un'altra bottiglia dal minibar, in fondo, almeno quello me lo doveva, e tornai nella mia camera doppia di fronte. Non avevo ancora deciso cos'avrei fatto dopo, ma non volevo più stare in quella suite.

Ero talmente sbronzo che mi addormentai appena la mia faccia si poggiò sul cuscino. E ci dormii sopra ben tredici ore. Quando mi svegliai, non era come le altre volte, faceva ancora male. Tuttavia, sono sempre stato una persona pratica e mi imposi che, in qualche modo, avrei dovuto ricominciare. Avevo altri due giorni prenotati e pagati a Sydney e poi ci avrei pensato.

In quel momento, necessitavo senz'altro di una voce amica, così telefonai ad Alberto per cercare parole di conforto. Gli raccontai tutte le mie disavventure degli ultimi mesi, inclusa l'ultima follia per Ryn.

"Cavoli Oliver! Mi dispiace per Ryn. Ma nonostante tutto, stai facendo una vita incredibile. Io invece sono ancora qui, tutti i santi giorni, ad affettare prosciutti e tritare la carne!"

Una voce in sottofondo lo interruppe: *"Albertone! Chi cazzo è che rompe li cojoni ae cinque de matina?"*

"Papá eddai è Oliver, mi sta chiamando dall'Australia"

"Ah è pure n'omo, manco a dí ch'era 'na fregna! Te stai a prende 'na brutta piega urtimamente too dico!"

Scoppiai a ridere.

"Scusami Oliver, fammi andare a preparare il caffè o questo inizia con i suoi drammi esistenziali. Comunque, pensavo, perché non provi a scrivere un libro su tutte queste avventure fantastiche? Se sei ancora capace di scrivere! Penso che avrebbe successo. Ti faccio anche la prefazione gratis!"

"Ahah! Allora ci penserò su! A presto amico, resisti!"

"Sempre!"

Quella chiamata mi aveva un po' rasserenato, come al solito quando parlavo con lui. Pensai alle sue parole senza darci inizialmente molto peso. L'idea mi stuzzicava, ma non ero dell'umore adatto, né sapevo da dove cominciare.

Decisi come prima cosa di tornarmene in Asia. Il costo della vita a Sydney era davvero elevato e non avevo più alcuna ragione di rimanerci. Ma non volevo nemmeno tornare a Bali, per me aveva fatto il suo tempo. C'era un Paese che mi affascinava da sempre e sembrava proprio il momento giusto per andarci: la Thailandia.

Sì, l'idea mi piacque subito. Organizzai le mie cose ed il mattino dopo ero seduto su un aereo per Phuket.

Il Posto Più Bello Del Mondo

23.

Dopo ben nove ore di volo, finalmente atterrai in Thailandia. Appena sceso dall'aereo, inspirai profondamente; era l'aria tropicale del sudest asiatico, quell'inconfondibile ventata caldo-umida che dà un senso di benessere già al primo impatto.

Memore dell'esperienza balinese, avevo prenotato un taxi locale prima di arrivare, per evitare di nuovo la ressa dei tassisti abusivi all'uscita.

Phuket è un'isola enorme, piena di posti meravigliosi e gemme nascoste, che può cambiare da un quartiere all'altro; è, infatti, anche una rinomata meta di turisti balordi, famosa per le proprie trasgressioni al limite della legalità, o spesso anche oltre.

Io scelsi la zona di Karon Beach, su consiglio di un mio ex collega. Era un buon mix tra servizi offerti, divertimenti notturni e zone tranquille e poco affollate, con una bella spiaggia che si estendeva per vari chilometri a pochi passi.

Il mio albergo si elevava su un leggero altipiano e la mia stanza era completamente ricoperta dal legno, inclusa la base del letto, con una scrivania, un frigo ed un piccolo balcone con un tavolino che si affacciava sul mare. Era perfetta per servire i miei scopi e costava appena undici euro a notte.

Era già tarda sera e non avevo ancora mangiato. Mi addentrai nella via principale in cerca di cibo e trovai un carretto con una vecchietta che arrostiva pesci sulla brace. Non c'erano tavoli, ma pazienza. Con appena due euro mi portai a casa tutto il pesce, condito con lime ed una salsa piccante locale; era il più delizioso mai assaggiato in vita mia!

Vedevo in giro soltanto gente estremamente sorridente e senza preoccupazioni. Era come se avessero mantenuto intatta quella gioia innata per la vita e le sue piccole cose, che noi occidentali abbiamo smarrito per strada.

Avevano un tono di voce naturalmente più alto rispetto a

Bali, forse anche a causa della lingua e sembravano anche persone più "sanguigne". Le vedevo alterarsi per un nonnulla e due secondi dopo tornare a ridere allegramente.

Erano anche molto più sfacciati, si lanciavano sulla strada ad invitarti nei loro negozi o bar senza farsi alcun tipo di problema, sfoggiando il loro sorrisone a trentadue denti ed accompagnandoti dentro a braccetto.

E fu così che accalappiarono anche me. Dopo cena mi sentii solo in quella stanza vuota, continuando a pensare a Ryn, così decisi di uscire ad esplorare i bar del luogo.

In fondo alla strada principale, c'era una via laterale dove si estendevano tutti i locali del quartiere. La maggior parte erano molto semplici, in uno spazio semi-aperto, con un bancone, dei seggiolini, un tavolo da biliardo, fiumi di birra e tante ragazze seminude che vi giocavano e ti invitavano a sederti con loro. In un altro momento ne sarei stato entusiasta, ma lì per lì non ne avevo alcuna voglia.

Alla fine scelsi un locale in fondo alla via, dove suonavano musica dal vivo in un ambiente apparentemente più sobrio. Una bella ragazza all'ingresso mi accompagnò al tavolo, mettendomi il braccio intorno alla vita e porgendomi il menù. Riuscii a divincolarmi dai suoi tentacoli, facendole capire che non era aria e se ne andò.

Avevo gli occhi addosso di tutto lo staff, composto di sole ragazze giovani, ammiccanti e poco vestite. Ero anche il più giovane cliente lì dentro, tra tutti i vari panzoni ultra-cinquantenni in cerca di divertimento. Io invece, quella sera, volevo solo bere ed ascoltare musica a palla che coprisse i miei pensieri.

Ordinai una torre di Chang da cinque litri, iconica birra locale e mi misi sul divanetto a godermi il "concerto". I cantanti erano piuttosto bravi e avevano nel loro repertorio parecchi pezzi interessanti, alcuni tra i miei preferiti di sempre, come *Don't Look Back In Anger* degli Oasis, *Mr Brightside* dei The Killers e *Mardy Bum* degli Arctic Monkeys, che mi gustai appieno, un bicchiere dopo l'altro.

La caratteristica della Chang era quella di essere percepita come birra molto leggera e andava giù che era un piacere. Senza accorgermene, in un'ora avevo già bevuto cinque litri di birra. Mi sentivo ancora sobrio e decisi di prenderne una seconda.

Continuai a bere, questa volta più lentamente e, dopo il settimo litro, divenni anche più socievole. Iniziai a parlare con una di ragazza che mi capiva a malapena, ma sembrava comunque apprezzare la mia compagnia. Scoprii poco dopo che non era una ragazza, ma era comunque simpatica/o.

Intanto il locale si stava svuotando, con le altre "cameriere" che avevano convinto i loro ciccioni a portarle in albergo e proseguire lì la loro serata. Vidi l'ultima coppia uscire; lui avrà avuto sessant'anni, lei poco più di venti.

In Tailandia, ebbi una percezione diversa del sesso a pagamento. Nonostante non fosse di certo una pratica ben vista, né tantomeno legale, c'erano molti meno giudizi a riguardo, era come se fosse parte della loro quotidianità. E, almeno per quello che avevo potuto vedere quella sera, era per libera scelta di ognuna, senza subire il fatto passivamente; era come una forma di scambio: una sorta di "donazione" in cambio di una bella serata e si esce felici e sorridenti entrambi.

Molte mi diedero quell'impressione, a parte una di loro, che se ne stava lì seduta al bancone con lo sguardo rassegnato, l'ultima ragazza rimasta. Era molto carina, pelle olivastra, lunghi capelli neri e labbra carnose; si chiamava Khwan e avrà avuto circa trent'anni. Mi chiese se volessi andare fuori con lei.

"Scordatelo bellezza! Non ho mai pagato una donna in vita mia e non inizierò certo oggi. Però se vuoi puoi sederti con me e farmi compagnia"

"Ok. Mi offri da bere?"

"E sia. Prenditi un bicchiere, abbiamo ancora tre litri qui!"

Non l'avessi mai detto. Si scolò due litri e mezzo di birra in poco meno di mezzora e ne ordinammo altri cinque. Mi raccontò che veniva da Bangkok, dove vendeva spiedini di pollo con un carretto in centro e si era trasferita sull'isola nella speranza di conoscere un *"falang"*, un forestiero che la portasse via con sé e le garantisse una vita felice e finanziariamente stabile. Disse che era un sogno comune di molte ragazze in Tailandia, specialmente nelle località turistiche, le quali vedevano in ogni turista straniero il loro Richard Gere di *Pretty Woman*, che le avrebbe tolte dalla precarietà economica e regalato una vita sfarzosa in un posto migliore, non immaginando che la maggior parte di noi erano dei poveracci qualunque, avendo solo la fortuna che la propria valuta avesse, lì, un tasso di cambio molto favorevole.

Tra un litro di birra e l'altro, si fecero le quattro del mattino ed eravamo ormai ubriachi fradici. Mi incamminai verso l'albergo e Khwan mi seguì.

"Guarda che non ho tanti soldi e sono innamorato di un'altra ragazza, quindi perdi solo tempo con me."

"Posso venire lo stesso? Non mi va di tornare a casa..."

Inebriato dai fumi dell'alcool, accettai. Non mi andava nemmeno di discutere, volevo solamente andare a dormire.

Entrammo nella mia stanza e lei mi spogliò completamente. Sarebbe stato nobile da parte mia rifiutare, ma non lo feci. Si sbottonò il vestito, rimanendo completamente nuda anche lei e venne sopra di me. Gridava così forte che me ne stavo vergognando, per paura di essere sentito dalle camere vicine. Io rimasi impassibile, un po' vivo ed un po' morto sul letto.

Dopo un paio di minuti la spostai e mi alzai.

"Ti chiedo scusa. Non riesco a farlo, penso ancora ad un'altra persona."

Lei mi guardò sorpresa ed un po' imbarazzata, rivestendosi in fretta.

"Non mi era mai capitato che un ragazzo mi chiedesse di smettere"

"Neanche a me era capitato"

"Non ti piaccio?"

"Sei molto bella e mi sento un cretino. Solo che non ci riesco."

"La tua ragazza è molto fortunata ad averti"

"Già, soltanto che non lo sa."

Rise. Andammo sul balcone a fumarci una sigaretta, mentre l'alba si faceva largo all'orizzonte.

"Perché lo fai?"

"Che cosa?"

"Sesso a pagamento. Non voglio dire la prostituta, perché

non lo sei, e si vede."

"È una situazione difficile...", disse imbarazzata, distogliendo lo sguardo.

Ma quando bevo, divento ancora più insolente del solito e perdo anche quei pochi filtri rimasti tra cervello e bocca.

"Hai per caso dei figli?"

Lei scoppiò a piangere, nascondendosi il volto tra le mani. Provai molta compassione e mi sentii un insensibile idiota. In fondo, chi mi dava il diritto di giudicarla, non conoscevo niente di lei o delle sue battaglie quotidiane.

"Mi dispiace, sono un gran ficcanaso. Ecco, prendi un po' d'acqua."

"Grazie. Comunque sì, ho una bambina, è rimasta a Bangkok da mia madre e le mando i soldi per studiare ogni settimana. Il padre se n'è andato con un'altra donna e ci ha lasciate sole; si è portato via anche il carretto degli spiedini e tutti i nostri risparmi, così mi sono ritrovata a fare questo."

"Mi dispiace, è una storia molto triste. Ma non hai trovato nient'altro?"

"Purtroppo no. Non so fare niente a parte cucinare, ma nessun ristorante mi ha assunta. Non sono nemmeno potuta andare a scuola, perché mia madre aveva bisogno di me con il carretto ed ho iniziato a lavorarci quando ero molto giovane. Ma lei, mia figlia, mi dà la forza di andare avanti ogni giorno. Sto risparmiando per comprarmi un altro carretto, poi potrò tornare lì da lei. Piano piano ci rialzeremo."

"Quanto costa un carretto?"

"Cinquemila dollari"

"E quanti te ne mancano?"

"Poco più di mille perché?"

Ci pensai su qualche secondo. Era una bella cifra e, come al solito, non avevo molto da parte. Ma ogni volta che ero finito nei casini, ero sempre stato aiutato da qualche sconosciuto; era il mio turno di diventare l'eroe di qualcun altro.

"Ecco qui. Era il mio budget per due mesi, ma vorrà dire che berrò un po' di meno nei prossimi giorni!"

Spalancò gli occhi incredula, rimanendo a bocca aperta; poi

mi abbracciò forte, scoppiando a piangere di nuovo e a ringraziarmi ripetutamente. La sua reazione mi riempí il cuore, speravo davvero che ce l'avrebbe fatta.

Nel mentre, il sole era già alto nel cielo e decidemmo di andare a fare colazione.

"Vieni, ti porto in un posto buono. Offro io!"

Mi portò in un viottolo nascosto a cinque minuti dal mio albergo, dove c'era un carretto che serviva solo pad-thai, un tipico piatto locale molto semplice e gustoso, composto di spaghetti con frutti di mare e noccioline sbriciolate. Era buonissima e costava l'equivalente di ottanta centesimi! Fu una delle colazioni più strane di sempre, ma non la scorderò mai. E probabilmente nemmeno Khwan.

"Devo andare. Grazie di tutto Oliver, hai cambiato la mia vita. Spero un giorno di incontrare un ragazzo come te. Quando aprirò, tu puoi venire a mangiare sempre gratis!"

"Ahah ci conto! Prenditi cura di te, buona fortuna!"

Mi diede un bacio sulle labbra e se ne andò.

La sera stessa, dopo aver cenato, passai di fianco allo stesso locale dove l'avevo incontrata e diedi una sbirciata al suo interno. C'erano i soliti fedelissimi ciccioni allupati in canottiera e le cameriere seminude, ma Khwan no. Sorrisi e me ne tornai nella mia camera. Era ora di mettersi al lavoro.

Continuavo a pensare a Ryn, ma con un po' più di leggerezza. Chissà dov'era, come stava e se si ricordava ancora di me. Tirai un lungo sospiro ed iniziai a schiaffeggiarmi; mi autoimposi che avrei solo dovuto concentrarmi su di me e lavorare duro. Oh sì, gliel'avrei fatta vedere, avrebbe sentito parlare di me anche in Corea.

Accesi il pc, accompagnato dal mio delirio di onnipotenza misto alla sbornia ancora vivida, iniziai a buttar giù tutto quello che avevo dentro. Rimasi chiuso in quella stanza per ben due mesi, trascorrendoci l'intera stagione delle piogge ed uscendo solo per mangiare e comprare le birre.

Una mattina qualunque, mi svegliai e trovai un messaggio di Khwan sul mio cellulare: una foto dietro al suo nuovo carretto, con sua madre e sua figlia a fianco ed una piccola insegna che recitava *"Oliver's chicken skewers"*, raggianti di felicità:

"Ciao Oliver, siamo aperti! Quando passi da Bangkok, ricorda di venire a trovarci! Un grande abbraccio, Khwan".

Questo è il mio ricordo di quello spicchio di Tailandia, una realtà apparentemente rilassata, dove in una notte può succedere di tutto, un andirivieni costante tra inferno e paradiso, dove ogni cosa è più intensa, come i colori del tramonto, le emozioni e la vita stessa. Sempre con un sorriso a trentadue denti.

24.

Qualche tempo dopo, mi spostai in Malesia, sull'isola di Langkawi, passando da Kuala Lumpur, dove rimasi una notte soltanto: uno dei posti più folli mai visitati, con un traffico infinito e grattacieli immensi, che si estendevano per tutta la città e di cui non si vedeva la fine.

A Langkawi era tutt'altra storia. Non era ancora molto frequentata e regnava la pace assoluta. La si poteva girare col motorino in poco più di quattro ore, trovando strade quasi deserte con palme ed arbusti che costeggiavano il mare, per un'esperienza completamente rigenerante.

Mi concessi anche una visita alla spiaggia di Tanjung Rhu, anch'essa semideserta e presi la funivia che portava allo Sky

Bridge, un ponte lungo centoventicinque metri situato in cima ad una montagna verdeggiante, da cui si godeva di una vista paradisiaca.

Provai anche ad andare nella discoteca più grande dell'isola, in uno dei miei momenti di pausa dalla mia asocialità, ma ci trovai appena otto persone, con cui riuscii comunque a scambiare due parole.

Inoltre, Langkawi era, per ragioni a me ancora sconosciute, a bassissima tassazione per gli alcolici, che quindi risultavano essere incredibilmente economici. Era, insomma, il posto perfetto per lavorare indisturbato.

In poco più di tre mesi, finii di scrivere il mio libro. Ne trascorsi altrettanti per revisionarlo e trovare il modo di pubblicarlo. Ci avevo riposto molte speranze ed ero convinto di aver fatto un lavoro accettabile, ma non sapevo che cosa aspettarmi.

Finalmente, dopo un'attesa che sembrava infinita, venne fissata la data d'uscita: il ventitré di novembre.

Fu un successo inatteso. In meno di un mese, avevo già venduto oltre mille copie e la gente iniziò ad incuriosirsi anche sull'autore, il che diede sempre maggiore visibilità al mio giornale online. Quel sogno insperato, nascosto e sottovalutato, si stava materializzando ed ero al settimo cielo.

Pochi giorni più tardi, ricevetti una chiamata dal mio editore:

"Buongiorno Oliver! Stiamo andando alla grande! Con il Natale alle porte, è il momento di spingere ulteriormente sull'acceleratore"

"Cosa intendi?"

"Vorrei che presentassi il tuo libro qui, a Roma. Dimmi quando saresti disponibile, poi fissiamo l'evento e ti prenotiamo volo ed albergo."

In quei giorni mi trovavo a Singapore, avevo deciso di andare a salutare qualche vecchio amico e mostrare a Marvin i miei risultati rispetto al nostro ultimo incontro, ma fui entusiasta di quell'opportunità e di poter tornare in Italia dopo tanto tempo.

Era il sedici dicembre e diedi la mia disponibilità a partire immediatamente. L'evento venne fissato in una delle librerie in centro, esattamente una settimana più tardi.

Quindici interminabili ore d'aereo ed eccomi atterrato all'aeroporto di Fiumicino, dopo sette travagliatissimi anni. Allora, me n'ero andato con quasi niente in tasca, afflitto e spinto solo da una flebile speranza nel cuore, senza sapere se o come ce l'avrei fatta; ed ora ero finalmente tornato, in qualche modo, da vincitore.

Presi al volo un taxi verso l'albergo che mi era stato riservato, ironia della sorte, ancora una volta della stessa compagnia per cui avevo lavorato a Londra.

Durante il tragitto, mi fermai ad osservare Roma dal finestrino. Era esattamente come l'avevo lasciata, non era cambiato nulla, a parte qualche buca in più qua e là; ma era sempre bella, ancor di più addobbata e luccicante per il periodo natalizio. E faceva un freddo a cui non ero più abituato.

Arrivato a destinazione, andai a disfare le valigie in pochi minuti e poi mi incamminai per la città. Provavo una strana sensazione dopo tanto tempo ed anche un po' di nostalgia.

Andai a comprarmi dei vestiti pesanti e presentabili per l'occasione e ne approfittai per andare a salutare Alberto, che lavorava ancora nella macelleria di suo padre lì vicino. Lo scorsi dalla vetrina, era ancora più grosso dall'ultima volta ed indossava un grembiule bianco con chiazze di sangue ovunque, che affettava prosciutto crudo. Appena mi vide, lasciò da parte quello che stava facendo e mi venne incontro, stritolandomi con le mani ancora unte.

"Ahah!! Maledetto coglione!! Ce l'hai fatta a tornare!"

"Anche a me fa piacere vederti! Come te la passi?"

"Come al solito, non ho una vita così esaltante come la tua. Anche Elisa lavora sempre lì al supermercato come cassiera. Ci vediamo ogni tanto, ma è sempre stanca e depressa ultimamente ed è piena di tic nervosi. Insomma, non è cambiato niente! Tu invece ho saputo che hai svoltato!"

"Sì, le vendite del libro stanno andando molto bene. Dopodomani alle sei c'è la presentazione ufficiale alla libreria qui di fronte, devi venire per forza. E dillo anche ad Elisa. Ho una sorpresa per voi."

"Davvero? Conoscendoti sarà qualche stronzata delle tue

che usi come scusa per andare a bere!"

"No, no, sono serio. Poi andiamo a bere; offro io, te lo devo!"

"Siamo d'accordo allora! A presto amico mio."

Avevo un sonno pazzesco, ma non volevo andare a dormire. La mia voglia di assaporare l'aria "di casa" non era ancora sazia. Mi incamminai da piazza del Popolo fino alla Fontana di Trevi. Aveva sempre la sua suggestione, specialmente di sera, quando non era sovraffollata di turisti e completamente illuminata. Mi sedetti sui gradini ad assaporare il momento e a riordinare i miei pensieri.

Ero prossimo ad una delle giornate più importanti della mia vita, eppure non mi sentivo così euforico. Ero immensamente felice della direzione in cui ero riuscito a portare la mia vita e di ciò che mi stesse riservando, ma mancava sempre qualcosa. O forse, qualcuno. Mi sarebbe piaciuto che papà fosse lì. E anche mamma. Era stato organizzato un evento solo per me a sancire il mio più grande successo ottenuto fino ad allora e non avevo nessuno con cui condividerlo. E, dopo un anno, pensavo ancora a Ryn. Non sapevo come, né perché, ma non avevo più provato le stesse emozioni come in quell'effimero lasso di tempo trascorso con lei e non l'avevo mai dimenticata.

Mentre contemplavo la fontana, mi venne in mente la sua famosa leggenda della monetina: si diceva che, gettando tre monete in acqua, la prima avrebbe garantito un ritorno a Roma, la seconda avrebbe portato l'amore della vita e la terza avrebbe avverato il proprio desiderio più profondo. Senza darci troppo peso, presi dalle mie tasche tre monetine: dieci centesimi di euro, cinquanta rupie indonesiane e mezzo dollaro australiano. Mi voltai di schiena e li lanciai tutti insieme, nel caso remoto che la leggenda avesse un qualche tipo di fondamento.

Nello stesso istante in cui le lanciai, sentii un altro tonfo nell'acqua. Mi girai per vedere chi altro fosse così patetico come me a lanciare monetine in una fontana alle nove di una gelida sera di dicembre, incrociando lo sguardo con una ragazza.

Pochi secondi di confusione e smarrimento, che lasciarono spazio ad un lungo momento di incredulità: era proprio Ryn.

'Quella fontana è potentissima!' Pensai tra me e me. Ci guardammo per qualche secondo senza riuscire a dire nulla, poi mi venne lentamente incontro sorridendo.

"Oliver sei proprio tu?! Cosa ci fai qui? Ne è passato di tempo!"

"È un piacere rivederti, ci speravo da tanto. Certo non avrei mai immaginato accadesse qui! Sono arrivato questa mattina. Se mi accompagni a cena ti racconto tutto quello che è successo da quando sei ripartita. Conosco un posto qui vicino dove preparano una pizza imbattibile!"

Accettò. Le raccontai tutto, per filo e per segno. Del mio libro, del mio sito, di Khwan e di quanto mi fosse mancata. Lei mi ascoltò assorta, come l'altra volta, senza dire una parola, con il suo solito sguardo severo ed attento, accennando un mezzo sorriso.

"Tu invece dove sei finita?"

"Quel giorno che sono tornata in Corea ero molto triste. Incontrarti mi ha fatto pensare molto sulla mia vita, su come stessi vivendo e sul mio futuro matrimonio. Ma non c'è stata nessuna rivoluzione come la tua, non ne sono stata capace. Sono andata in ufficio da mio padre, il quale non ha voluto nemmeno affrontare l'argomento sul fatto che io lasciassi la compagnia. Tre mesi fa, c'è stato un tracollo nel mercato europeo, così mi ha spedita qui a monitorare la situazione. Prima di partire sono andata a casa del mio fidanzato; volevo discutere della nostra situazione e del fatto che non fossi più molto sicura sulla nostra relazione, anche se c'era in ballo la fusione delle nostre rispettive aziende. Bè, almeno quel contesto si è risolto da solo: quando sono entrata in casa sua, l'ho trovato a letto con la sua segretaria. Ricordo ancora la sua espressione di terrore negli occhi! Avrei dovuto essere furiosa ed iniziare a lanciargli addosso qualsiasi cosa mi fosse capitata sotto mano, ma non lo ero. Mi sentii profondamente sollevata e me ne andai senza dire una parola. Non l'ho mai più visto da allora e va bene così."

"Wow, sembra la trama di una telenovela! Quindi ora vivi qui a Roma?"

"Sì, almeno finché non si aggiusteranno le cose. Domani

avremo una riunione con la direttrice di Kaiwon Italia e vedremo come procedere. Faremo anche un rinfresco aperto alle famiglie dalle sei in poi, come festa di Natale aziendale. Vorresti accompagnarmi?"

"Volentieri! Ma non posso stare tanto, sai il giorno seguente c'è la mia presentazione e non voglio arrivarci ubriaco."

"Non c'è problema, puoi stare quanto vuoi!"

Finimmo di mangiare ed uscimmo a passeggiare tra le vetrine addobbate e le vie illuminate.

"Esattamente...che cosa ci facevi alla Fontana di Trevi a quell'ora?"

"Mi sentivo sola e sono andata a fare un giro. Come al solito hai interferito con i miei programmi!"

"Ah sì? Non mi sei mai sembrata particolarmente dispiaciuta delle mie interferenze!"

"Ahah! Perché sono educata!"

"E anche molto accomodante aggiungerei! Sarei curioso di sapere due cose...La prima è: che cosa hai desiderato quando hai lanciato la monetina?"

"Non te lo dirò mai!"

"Uhm...Ok, non insisterò. Alla seconda, però, devi rispondermi: perché in questi mesi non mi hai mai più cercato?"

"Volevo stare da sola per un po'. Ti ho pensato spesso, ma ho avuto paura che avessi già incontrato qualcun'altra. Non volevo rovinare il bellissimo ricordo che avevo di noi e dei momenti trascorsi insieme."

"Certo, mi pare un'ottima motivazione; perché rischiare di essere felici quando ci si può crogiolare nella propria tristezza e solitudine, mantenendo però un bel ricordo, non fa una piega! Vabbè, Farò finta di crederci...!"

"Ahahahah! Sei rimasto il solito cinico ed antipatico!"

"Ad ogni modo, sono felice di averti rivista. Allora a domani!"

"Senz'altro"

"'Notte!"

"Aspetta..."

Si avvicinò verso di me e mi baciò delicatamente le labbra.

"Sono felice anch'io di averti rincontrato. Mi sei mancato più di quanto immagini. Buonanotte professore!"

Sorrise e se ne andò.

'Devo visitarla più spesso quella benedetta fontana, ce l'avevo così vicina allora e l'ho sottovalutata!' Pensai tra me e me, camminando verso il mio hotel.

Per un attimo, sentii che tutto si stesse lentamente sistemando. E non era ancora finita. La giornata successiva sarebbe stata ancora più memorabile.

Il pomeriggio seguente, andai a far visita al mio editore, per definire gli ultimi dettagli dell'evento. Fu più lungo del previsto e ritardai il mio arrivo al party natalizio della Kaiwon. Alla reception mi accolse un buffo individuo con un berretto a tema e la faccia impassibile.

"Lei è parte del team Kaiwon signore?"

"No, sono stato invitato dalla signorina Ryn Sung."

Strabuzzò gli occhi e divenne immediatamente più servizievole, accompagnandomi all'ingresso della stanza dove si stava svolgendo la festa. Quando entrai, tutti stavano applaudendo, probabilmente un intervento sul palco appena concluso e subito dopo un'orchestra cominciò ad intonare canzoni natalizie. Finalmente trovai Ryn, intenta ad intrattenere i suoi impiegati con i soliti discorsi di circostanza che non importano a nessuno.

"Ehi tu"

"Oliver! Pensavo non venissi più!"

"Il mio meeting è durato più del previsto. Mi sono perso qualcosa?"

"Solo il discorso della direttrice ai dipendenti, niente che ti possa interessare"

"Sarebbe interessante conoscerla invece, immagino sia una donna piena di risorse!"

"Se vuoi te la presento appena la vedo in giro"

"Se capita. E in generale, come stai? Com'è andata la tua giornata?"

"Meglio, ora che sei qui. Non chiedermi i dettagli, ma è stata veramente infinita e ho solo voglia di bere e fare l'amore con te appena finita questa stupida festa"

"Wow, non ti facevo così esplicita! Comunque, cosa ti fa pensare che io accetti dopo il modo in cui te ne sei andata l'altra volta e l'agonia in cui mi hai lasciato?"

"Il fatto che tu mi stia spogliando con gli occhi dal momento in cui sei arrivato"

Era vero. Ryn indossava un vestito rosso luccicante, scollato e corto, che le metteva in mostra le gambe e ne esaltava il suo corpo perfetto. Era la più bella di tutte e me ne innamoravo istantaneamente come un adolescente ad ogni sguardo.

"Non ti sfugge niente"

"Puoi ben dirlo! Dai vieni, andiamo a festeggiare, è Natale anche per noi!"

Mi portò al centro della sala con naturalezza, dove servivano i cocktails. Avevo addosso gli occhi di tutti, per essere l'accompagnatore della signorina Sung; ma devo ammettere che in fondo non mi dispiacesse. Ci saranno state almeno un centinaio di persone in quella sala ed io mi sentivo un po' fuori luogo, ma cercai comunque di godermi la serata.

Ryn mi presentò ad alcune persone per cui non avevo alcun interesse, ma cercai comunque di sembrare educato. La mia mente era altrove. Continuavo a pensare dove avessi già sentito il nome di quell'azienda.

Potevo sentire banali discorsi sconclusionati, offuscati dal loro tasso alcolico, sul fatturato, sulle nuove opportunità di mercato, su grandi ipotetici successi futuri. Quante cagate. Me ne stavo lì ad ingurgitare un gin-tonic dopo l'altro, quando uno di questi inutili discorsi sconclusionati attirò la mia attenzione.

"Da quando la dottoressa Ferri è salita in cattedra, c'è stata sicuramente una svolta nella produttività e nell'umore degli impiegati, è innegabile; quel cretino di Floberti ha avuto ciò che si meritava!"

D'un tratto la mia mente si schiarì. Ricollegai tutto. Corsi immediatamente da Ryn, intenta a disquisire con un funzionario dell'azienda e la presi da parte.

"Ryn, qual è il nome della direttrice di Kaiwon Italia?"

"Aurora Ferri, perché?"

"Devo vederla, subito"

"Oliver ma che ti prende?"

"Ti spiegherò dopo, ho bisogno di parlare con lei"

"Va bene, sarà qui in giro, ti aiuto a cercarla"

La cercai freneticamente in tutta la sala, senza successo. Tornai al piano di sotto a parlare con l'usciere impassibile:

"Ha per caso visto la dottoressa Ferri?"

"Sì signore, è andata via proprio qualche secondo fa, forse fa ancora in tempo a raggiungerla"

Uscii di corsa dall'edificio, ma non c'era. Iniziai a correre lungo la via, nella speranza di incontrarla. Ancora nulla. Svoltai prima a destra, poi a sinistra, in lungo e in largo.

Non c'era traccia di lei. Mi sedetti su una panchina lì vicino ed iniziai a piangere, senza neanche sapere perché, con la testa china e la mano sugli occhi.

Ad un tratto sentii una mano accarezzarmi i capelli. Avevo la vista annebbiata dalle mie lacrime e ci misi un po' a mettere a fuoco.

"Oliver mio..."

Alzai lo sguardo ed era lì, con qualche ruga in più, ma sempre bellissima e con lo stesso sorriso solare e malinconico, con gli occhi colmi di lacrime amare: era mia madre.

La strinsi forte a me e scoppiai in un pianto incontrollabile. In quel momento non mi importava più di nulla, di chi avesse ragione o torto, dei dolori passati, dei sacrifici e della vita che ero stato costretto a fare, dell'inquietudine repressa dentro di me. Volevo solo starmene lì, in quell'abbraccio che mi era stato tolto troppo presto, godendone ogni singolo istante. Mi lasciai avvolgere dalle sue braccia, mentre singhiozzava sorridendo, con il viso rigato dalle lacrime, stringendomi forte a sé, in quella fredda notte di dicembre.

Non avrei mai creduto di rincontrarla ancora, tantomeno lì. C'è chi dice che, nella vita, tutto succede per una ragione, anche se fino ad allora, non ci avevo mai creduto fino in fondo. Dopo qualche minuto, sopraggiunse anche Ryn, comprensibilmente confusa.

"Oliver...Tu e la dottoressa vi conoscete...?"

"Direi di sì, anche se non ci vediamo da un po'. Circa venticinque anni."

25.

Mia madre si ricompose immediatamente e ci ritrovammo l'uno di fronte all'altra. Era tempo di chiarimenti.

"Ci sarebbero mille cose da dire, raccontare e specificare. Ma quello che più mi preme sapere è...Perché? Perché te ne sei andata, sei sparita dalla mia vita e non mi hai più cercato? Hai idea di quello che ho passato? Di quanto sia stato difficile crescere senza di te? Di come mi sono sentito abbandonato e della solitudine che ho sofferto?"

Le mie parole affondarono il colpo. La sua espressione in volto si fece cupa ed amareggiata, distogliendo i suoi occhi rigonfi di lacrime. La fissavo imperterrito, offuscato dalla rabbia, in attesa di una risposta, con Ryn che osservava, stupita e meravigliata.

"Ti chiedo scusa Oliver. E non mi illudo che basti a perdonare la mia assenza e tutto quello che hai dovuto passare. Ho visto ciò che hai fatto e ne sono molto orgogliosa. Sei stato così forte...! Proprio come tuo padre. Ma tu non ti sei mai arreso e ce l'hai fatta. E non ne ho mai dubitato. Sappi solo che, per quanto possa valere, ti ho portato sempre nel cuore e pregato ogni notte che tu te la cavassi. Sono dovuta andare via. L'ho fatto per voi, soprattutto per te."

"Hai un bel coraggio a venirmi a dire queste cose! In che modo esattamente credi che la tua assenza mi abbia giovato?! Per essere stato costretto a vivere come un mentecatto in uno sgabuzzino? Per aver dovuto cenare con delle barrette di cioccolato perché non avevo nemmeno i soldi per piangere? O per essermi ritrovato orfano a vent'anni? Spiegami, perché proprio non riesco a capire!"

Le mie parole la trafissero come lame nel petto. Se da un lato provavo pena nel vederla così, dall'altro doveva sapere che cosa avesse comportato il suo abbandono. Erano venticinque anni che mi tenevo tutto dentro ed ero come un fiume in piena.

"Non hai la minima idea di quanto mi sia sentita in colpa ogni singolo giorno. Non ti chiedo di perdonarmi, ma vorrei solo che tu sapessi la verità e comprendessi appieno le mie ragioni. Le cose con tuo padre non andavano bene ed io ero finita in un brutto giro. Decisi, per il tuo bene, di lasciarti fuori da tutto questo. Lui non me l'ha mai perdonata e anche quando ho cercato di contattarti, mi ha sempre intimato di starmene alla larga, dicendo che ti avrei solo fatto soffrire. Quando sono venuta a conoscenza della sua scomparsa, mi sono molto rattristata. Appena l'ho saputo ti ho cercato ovunque, ma nessuno sapeva dove fossi. Mi dispiace, mi dispiace davvero. Tutti commettiamo degli sbagli e lasciarti è stato il più grande della mia vita. Vorrei poter ricominciare da capo, se me ne darai l'opportunità, nonostante sappia di non meritarla."

Rivolsi lo sguardo verso Ryn, che annuì con la testa sorridendomi. Socchiusi le palpebre per qualche istante e guardai mia madre nei suoi occhi affranti e stanchi.

"Non me la sento. Mi dispiace mamma. La tua assenza mi ha causato un dolore troppo grande. Ma è stato bello rivederti e sapere che stai bene. Ti auguro il meglio per la tua vita."

Mi sistemai il cappotto e mi voltai, incamminandomi verso il mio albergo, mentre potevo sentire mia madre singhiozzare. Ryn mi raggiunse a passo veloce, strattonandomi ed intimandomi di fermarmi.

"Oliver ma cosa stai facendo? Non conosco la storia tra voi due ma...è tua madre! La lasci lì così?"

"Vieni con me, ti racconterò tutto. Ho bisogno di averti vicina stanotte."

"Ma..."

"Non mi va di parlarne ora, ti spiegherò dopo."

"Va bene. Fammi andare a prendere le mie cose e ti

raggiungo."

Arrivati in albergo, le raccontai tutta la storia e rimase a bocca aperta. Non disse nulla; sapeva sarebbe stato inutile. Venne verso di me con un bicchiere di vino in mano, avvolgendomi nel suo abbraccio più caldo.

Avrei dovuto prepararmi per la presentazione del mio libro il giorno seguente, ma la mia mente era altrove. Non riuscivo a smettere di pensare a quanto fosse successo. Maledetto orgoglio. Mi aveva sempre fatto fare cose stupide. Avevo ragione, ed in maniera schiacciante, sotto tutti i punti di vista. Eppure, mi resi conto di quanto aver ragione conti poco o niente in determinate circostanze.

Riuscii a dormire qualche ora, giusto in tempo per salutare Ryn che stava andando al lavoro.

"Buondì! Pronto per il grande giorno?

"No, ma ce la farò lo stesso!"

"Non ho dubbi!"

Mi guardò per qualche secondo e mi abbracciò forte un'altra

volta, quasi solennemente.

"Ehi è tutto a posto? Non è che scappi via come l'altra volta...! Guarda che mi offendo se oggi non vieni!"

"No non preoccuparti, è solo che mi aspetta una lunga giornata, è l'ultima prima delle vacanze di Natale"

"Capisco. Dai, l'ultimo sforzo e poi ci riposiamo. Magari torniamo a Bali per capodanno che ne dici?!"

"Magari! Scappo, sono in ritardo. A dopo Oliver!"

"Buona giornata Ryn!"

Mi diede un bacio di sfuggita e si fiondò fuori dalla porta. Mi aveva lasciato il caffè caldo sul tavolino, con l'ultimo pacchetto di biscotti al cioccolato ad accompagnare.

Adoravo le sue piccole attenzioni che aveva nei miei riguardi, mi facevano sentire speciale e mi mettevano di buon umore. Eppure c'era qualcosa di strano nel suo sguardo quando se ne andò. Ad ogni modo, cercai di non pensarci troppo e concentrarmi sugli ultimi dettagli della presentazione.

Verso le quattro iniziai a prepararmi. Ero ancora indeciso su che cosa avrei indossato. Aprii l'armadio e trovai un'altra sorpresa. C'era un sacchetto griffato con un fiocco rosso, accompagnato da un bigliettino:

"Questo è il tuo regalo di Natale anticipato! Appena l'ho notata, te l'ho vista subito addosso. Ho pensato che avendo vissuto l'ultimo anno in infradito e pantaloncini, il tuo guardaroba fosse un po' ridotto per il tuo grande evento!

Love, Ryn."

Conteneva una giacca blu chiaro elegantissima, che mi stava a pennello. Era fantastica, anche nei momenti più tesi riusciva sempre a rasserenarmi.

Dopo essermi tirato a lustro, finalmente mi recai presso la libreria in cui si svolgeva l'evento. Il mio editore, rappresentato da un omuncolo tozzo e riccioluto col pizzetto rosso di nome Carlo, perennemente con le ascelle pezzate, era già in fermento.

C'erano più persone di quante potessimo immaginare nelle

nostre più rosee previsioni e non bastavano le sedie, così Carlo iniziò ad ammorbare me e lo staff con le sue ansie apocalittiche, starnazzando avanti e indietro come una gallina.

Alle sei in punto riuscimmo, in qualche modo, a dare inizio all'evento; ci saranno state almeno duecento persone a fissarmi su quella sorta di palco mal allestito, che mi mise inizialmente un po' in soggezione.

Poi, riconobbi i miei amici tra la folla: Elisa ed Alberto erano in prima fila; c'erano anche Daniele e Gianluca, che non sentivo da una vita e perfino Oreste, che mi aveva salvato quella disgraziata vigilia di Natale tanti anni addietro; e per ultima, in ritardo come sempre, arrivò anche Ryn, accompagnata sottobraccio nientemeno che da…mia madre.

Ci scambiammo uno sguardo veloce. Accennò un sorriso impacciato, con i suoi occhi che sembravano chiedere una seconda possibilità. Ne fui sorpreso e meravigliato, ma colmo di gioia. Erano tutti lì per me, amici vecchi e nuovi, a condividere il mio momento di gloria, in quella che si trasformò in una grande festa generale. Fu uno dei momenti più felici di sempre.

La mia presentazione durò poco più di un'ora e culminò con un lungo applauso ed una sorpresa, che avevo promesso ad Elisa ed Alberto.

"Grazie di cuore a tutti quanti per essere venuti. Prima di lasciarvi, vorrei annunciare una novità importante: dato il suo recente successo, il nostro giornale online è stato ufficialmente registrato, anche grazie all'aiuto dei nuovi sponsor, che ne finanzieranno l'intero progetto, quindi abbiamo deciso di ampliarne drasticamente i contenuti. Stiamo cercando dei giornalisti e dei web content writers che entrino a far parte della nostra squadra; nel caso foste interessati, potete contattare Alberto Grestini, nuovo direttore del giornale, ed Elisa Rossetti, la nostra nuova web designer! Un abbraccio a tutti e buon Natale!"

Li trascinai sul palco, tra le loro facce incredule ed imbarazzate, per regalar loro un ultimo applauso.

Una volta scesi dal palco, mi guardarono perplessi:

"Oliver ma…Cosa vuol dire…?"

"Avete capito. Vorrei che tu Albe, fossi il nuovo direttore del mio giornale. Sei sempre stato il più bravo e ho bisogno di te. A meno che tu non preferisca continuare a fare il macellaio da tuo padre, ma credo che il tuo talento sia sprecato lì! Ed Elisa, ho seguito i tuoi lavori in questi anni. Sei diventata davvero brava e mi serve il tuo aiuto per fare il salto di qualità. Ovviamente avrete un generoso stipendio fisso, che discuteremo insieme. Siete sempre stati amici leali in ogni circostanza e mi piacerebbe continuare insieme. Del resto, ve l'avevo promesso che un giorno vi avrei assunti nel mio giornale! Cosa ne dite?"

Entrambi rimasero a bocca aperta. Si guardarono per qualche secondo, ancora increduli ed accettarono con entusiasmo la mia proposta. In qualche modo, eravamo di nuovo riuniti, come ai vecchi tempi.

"Ora vi lascio, ho un appuntamento importante. É stato bello rivedervi, ci sentiamo presto per i dettagli!"

"Grazie capo! A presto e Buon Natale!"

Ci abbracciammo forte e mi congedai da loro, facendomi largo tra la folla.

Cercai Ryn con lo sguardo, ma non la vedevo da nessuna parte. Mia madre era ancora lì e mi ci ritrovai faccia a faccia.

"Complimenti Oliver, è stato un bellissimo evento; ed hai fatto un bel gesto per aiutare i tuoi amici, sono fiera di te."

"Dov'è Ryn?"

"È andata via…Non te l'ha detto?"

"Detto che cosa?"

"Oggi torna in Corea. Ha detto che il suo lavoro qui è finito."

26.

Non potevo e non volevo credere alle sue parole. Perché doveva sempre andarsene cosi? Provai a chiamarla immediatamente, ma il suo cellulare era spento. Sprofondai nello sconforto mettendomi le mani nei capelli. Mia madre si avvicinò a me, mettendomi una mano sulla spalla.

"Il suo aereo è tra due ore; vieni, ti accompagno io in aeroporto!"

"Non so se dovrei seguirla. È la seconda volta che fugge via così. Per giunta, questa volta senza nemmeno una spiegazione."

"Oliver…se tieni davvero a lei, vai, non lasciartela scappare. Non commettere il mio stesso errore. Valla a prendere!"

Alzai lo sguardo, incrociando quello deciso di mia madre.

"Va bene, andiamo!"

Uscimmo di corsa dalla libreria e ci mettemmo in macchina. Iniziò una fitta nevicata, che in pochi minuti imbiancò Roma, come non accadeva da diversi anni, intasandone ulteriormente il suo già noto traffico all'ora di punta.

"In macchina non ce la faremo mai ad arrivare in tempo. Ti lascio qui vicino alla stazione di Termini, c'è un treno per l'aeroporto di Fiumicino che parte tra quattro minuti; quello dopo è tra un'ora, se passerà. In bocca al lupo Oliver!"

"…Grazie mamma…!"

Scesi dalla macchina e mi fiondai in una corsa contro il tempo, rischiando anche di essere investito da un motorino. Ma non c'era tempo di pensare a nient'altro, dovevo salire su quel treno. Guardai i secondi scorrere sull'orologio, erano già passati tre minuti e mezzo.

Mi ritrovai di fronte al tabellone centrale, dov'erano elencati una cinquantina di partenze ed arrivi. Ci misi altri venti secondi ad individuare il binario giusto da cui partiva il mio treno: il binario 24. Cazzo era il più lontano! E solo dieci secondi per raggiungerlo.

Senza quasi più fiato in corpo e poche speranze rimaste, mi lanciai in un ultimo scatto disperato. A due metri dal binario, sentii il fischietto del capotreno e le porte che si chiudevano.

"No!! Aspetta ti prego!!"

Fece spallucce, degnandomi appena di uno sguardo, apprestandosi a salire nella sua postazione. Non ce l'avevo fatta per una manciata di secondi.

Vidi l'immagine di Ryn sfumare nella mia mente, come un bel sogno da cui non avrei mai voluto svegliarmi, ma che finiva lì.

Mi sedetti su una panchina a fianco del treno a testa bassa, cercando di riprendere fiato, mentre aspettavo di vedere quel treno partire e portarsi via le mie ultime speranze.

Ad un tratto, sbucò un personaggio alquanto bizzarro, probabilmente ubriaco e con qualche rotella fuori posto, ridendo e gridando frasi sconclusionate, che rubò la paletta ed il fischietto del capotreno, inscenando il suo personalissimo spettacolo, mentre quest'ultimo tentava di inseguirlo, inveendogli contro a gran voce. Dopo qualche minuto, venne fermato da un agente di sicurezza e le porte si riaprirono per un paio di secondi, permettendomi di sgattaiolare dentro. Mentre lo portavano via, gli sorrisi dal finestrino, colmo di gratitudine e lui mi fece l'occhiolino, continuando a ridere e sbraitare senza apparente motivo. Quel matto era stato la mia provvidenza!

Durante il tragitto, tentai di contattare Ryn svariate volte, senza mai riuscirci.

Arrivai in aeroporto alle otto e mezza, trentacinque minuti prima della sua partenza. L'aeroporto era stracolmo di gente che tornava a casa per celebrare il Natale con i propri familiari, il che rendeva l'impresa ancora più ardua. Inoltre, c'erano buone probabilità che avesse già effettuato il check-in ed oltrepassato la zona accessibile ad accompagnatori e visitatori, ma, arrivato fin lì, dovevo provarci.

Ancora una volta, mi ritrovai di fronte al tabellone delle partenze: c'era soltanto un volo per Seul che andava in

Corea, non poteva che essere quello. Ripresi a correre verso il terminal tre, nella fievole speranza di intercettarla prima di perderla un'altra volta.

Riuscii a raggiungerlo in pochi minuti, tra una flotta di passeggeri che sfrecciavano in ogni direzione. Guardai ovunque, in tutti i bar, negozi e al banco del check in, ma di lei non c'era traccia. Mi resi conto di quanto fosse utopistico riuscire ad intercettarla in mezzo a quel casino. Forse era stata un'idea stupida ed era giusto che lei uscisse dalla mia vita così come c'era entrata, in punta di piedi e senza disturbare.

Diedi un'ultima occhiata in giro prima di incamminarmi fuori. Mi parve di intravedere un volto conosciuto appena al di là del nastro dei controlli di sicurezza, o forse era solo la mia immaginazione che voleva che fosse lei.

"RYN??" Gridai tre volte il suo nome, con tutto il fiato che avevo in corpo. Si voltò e mi vide, era proprio lei.

"Ryn!! Dove stai andando?! Perché mi lasci qui un'altra volta così?!"

Lei mi guardò fissa con gli occhi lucidi ed un mezzo sorriso rassegnato in volto. Poi, senza dire nulla, mi salutò con la mano, voltandosi e continuando a camminare, fin quando non la vidi più.

L'avevo persa, probabilmente per sempre. Rimasi ad osservare il nastro per qualche minuto, senza riuscire a darmi una spiegazione su quanto fosse appena accaduto.

Sconsolato, uscii dall'aeroporto. Continuava a nevicare ed io ero ormai bagnato fradicio, ma in quel momento mi importava poco. Presi il telefono per provare a chiamarla un'ultima volta e notai un'email ricevuta appena un'ora prima.

"Caro Oliver,

Volevo farti le mie congratulazioni per la tua presentazione di oggi, è stata un grande successo!

Non ho avuto il coraggio di dirtelo stamattina, ma ho deciso di tornare in Corea.

Sono davvero felice che tu abbia ritrovato tua madre. Ho

parlato molto con lei quest'oggi e non hai idea di quello che abbia dovuto passare. Prova a darle una seconda possibilità. Io so bene che tipo di ambiente sia la Kaiwon, dei loschi giri al suo interno e di quanto possa influenzare la vita di una persona. Proprio per questo, credo che le nostre vite viaggino su due binari totalmente differenti e non sarebbe giusto coinvolgerti un'altra volta in una situazione che già ti portò via la persona a te più cara, non lo meriti.

Penso di essermi innamorata di te e solo ora comprendo appieno che amare, talvolta, implichi lasciar andare. Con profonda tristezza nel cuore mentre scrivo queste parole, credo sia arrivato il momento di dirci addio. Spero un giorno tu possa perdonarmi per questo, è la decisione migliore per entrambi.

Sarò sempre grata di averti incontrato e ti ricorderò sempre con amore.

Buona fortuna Oliver mio, ti auguro tutto il meglio.
Love, Ryn."

Mi sedetti sulla panchina in preda allo sconforto, lasciando che i fiocchi di neve confondessero le mie lacrime, pensando a quanto fosse tutto tremendamente ingiusto.

Cercavo di convincermi che, forse, in fondo fosse davvero la soluzione migliore, in fondo venivamo da due mondi totalmente differenti ed ognuno doveva andare per la sua strada, come aveva detto lei. Ma più me lo ripetevo e meno ci credevo. Ed il pensiero di non poterla più incontrare mi rattristava sempre di più, non riuscivo a darmi pace, continuando a piangere a dirotto come un bambino, accovacciato su quella panchina.

Dopo una ventina di minuti, cominciai a sentire il freddo che penetrava attraverso i miei vestiti inzuppati ed iniziai a pensare di dovermene fare una ragione: Ryn non sarebbe più tornata.

Diedi un ultimo sguardo all'aeroporto, alzando gli occhi al cielo, in tempo per notare il suo aereo che prendeva il largo. Era proprio finita lì. Chiusi gli occhi per qualche secondo e decisi di tornare a casa.

Ma, proprio quando stavo per rialzarmi, il mio corpo bagnato ed infreddolito venne avvolto da un abbraccio familiare, caldo ed intenso, con quell'inconfondibile profumo di zucchero a velo.

Alzai lo sguardo e vidi il volto sorridente di Ryn, rigato dalle lacrime, appoggiato sulla mia spalla. Il cuore mi scoppiava di gioia. Solo lei era capace di portarmi dall'inferno al paradiso in pochi attimi. Mi girai verso di lei e la strinsi forte a me, prendendo il suo viso tra le mani e baciandola come non l'avevo mai baciata prima.

"Perdonami Oliver, ti chiedo infinitamente scusa! Sono stata una stupida ad andarmene in quel modo. Scusami, scusami tanto!"

"Smetti di scusarti ora, non sono mai stato più felice di vederti! Piuttosto dimmi...Perché non sei partita?"

"Ho pensato a quale fosse la cosa più giusta da fare. E poi a quella che invece mi avrebbe reso felice. E per la prima volta nella mia vita, ho scelto la seconda. Ho deciso che non voglio più stare senza di te. Se per te va bene, ovviamente!"

"Per me va bene...Se la smetti di scappare via!"

"Non scapperò mai più, te lo prometto!"

La strinsi forte a me, accarezzandole i capelli, ancora incredulo di averla nuovamente tra le mie braccia. Tutte le mie ansie, delusioni e brutti pensieri, svanirono in quell'attimo magico e meraviglioso, lasciando spazio solo ad una gioia infinita.

In quel momento, una macchina poco distante suonò il clacson ed abbassò il finestrino.

"Vi serve un passaggio?!"

Un breve sussulto ed un incrocio di sguardi, in cui c'era dentro tutto quello che non ci eravamo mai detti. Era mia madre, commossa e sorridente, raggiante di felicità.

Ci recammo nel suo appartamento, tutti e tre insieme, fermandoci per qualche giorno a celebrare le festività. Quanto era bello stare seduti su quel divano, abbracciato alle mie donne più care, con la luce soffusa, l'albero di Natale illuminato e quel profumo antico di biscotti appena sfornati. Stavo proprio bene lì con loro. Ero finalmente nel posto giusto al momento giusto e non desideravo altro.

Il Natale di molti anni fa mi aveva portato via mio padre e quasi tutte le speranze; questo, invece, mi aveva restituito mia madre e l'unica ragazza che avessi mai amato davvero.

Senza ombra di dubbio, un bellissimo regalo di Natale.

Il più bello che ci sia, nel posto più bello del mondo.

Il Posto Più Bello Del Mondo

Il Posto Più Bello Del Mondo di Davide R. Battaglia,

Copyright © 2020 Davide Battaglia

ISBN: 979-12-200-6684-6. © 2020

Tutti i diritti riservati.

Ringraziamenti

Grazie a mia madre e mio padre, certezze imprescindibili, che mi hanno donato la libertà di costruirmi la vita a modo mio, sempre sostenendomi, anche moralmente, in qualsiasi momento, attutendo le mie cadute, dispensando sempre una parola di conforto, regalandomi, a modo loro, amore e comprensione ed insegnandomi che c'è sempre una via alternativa.

Grazie ai miei fratelli, Emanuele e Marco, uomini duri, a tratti geniali, lontani ma silenziosamente presenti, su cui so che potrò sempre contare.

Grazie a mia nonna, sempre e da sempre la mia prima tifosa, che non ha mai smesso di credere in me, anche quando non avevo ragione o quando, come direbbe lei, non si vedeva il sole alla fine della tempesta, né l'alba alla fine di notti lunghissime; e a mio nonno, che mi ha insegnato umiltà e benevolenza, sempre con semplicità.

Grazie a zio Roberto e zia Luisa, punti fermi della mia vita, sempre pronti a regalarmi un sorriso.

Grazie a Sonia, Luca, Tim, Emanuele C., Fabio, Valerio e Fabrizio, gli amici "londinesi" di una vita e compagni di mille (dis)avventure, che mi hanno aiutato a sopravvivere.

Grazie alla mia amica Valentina, il mio porto sicuro da oltre vent'anni, dove è sempre bello ritornare.

Grazie a Minjung, fonte di ispirazione quotidiana, senza la quale non ce l'avrei fatta.

Grazie a tutte quelle persone incontrate durante il mio cammino, che mi hanno accolto ed aiutato con quello che avevano, anche solo con una parola buona.

Grazie a TE che stai leggendo, per avermi dato una possibilità ed aver letto il mio primo libro.

A tutti Voi, GRAZIE INFINITE, dal profondo del cuore!

Spero che il mio primo romanzo ti sia piaciuto e ti abbia fornito degli spunti di riflessione, tenuto compagnia o anche solo regalato qualche piacevole momento. E se sei curioso/a di saperne di più, visita l'account ufficiale su Instagram per vedere le ambientazioni ed i luoghi descritti nel libro!
Grazie, alla prossima!

IG: @ilpostopiubellodelmondo

Printed in Great Britain
by Amazon